書下ろし

わかれ道

風烈廻り与力・青柳剣一郎64

小杉健治

JN100441

祥伝社文庫

目次

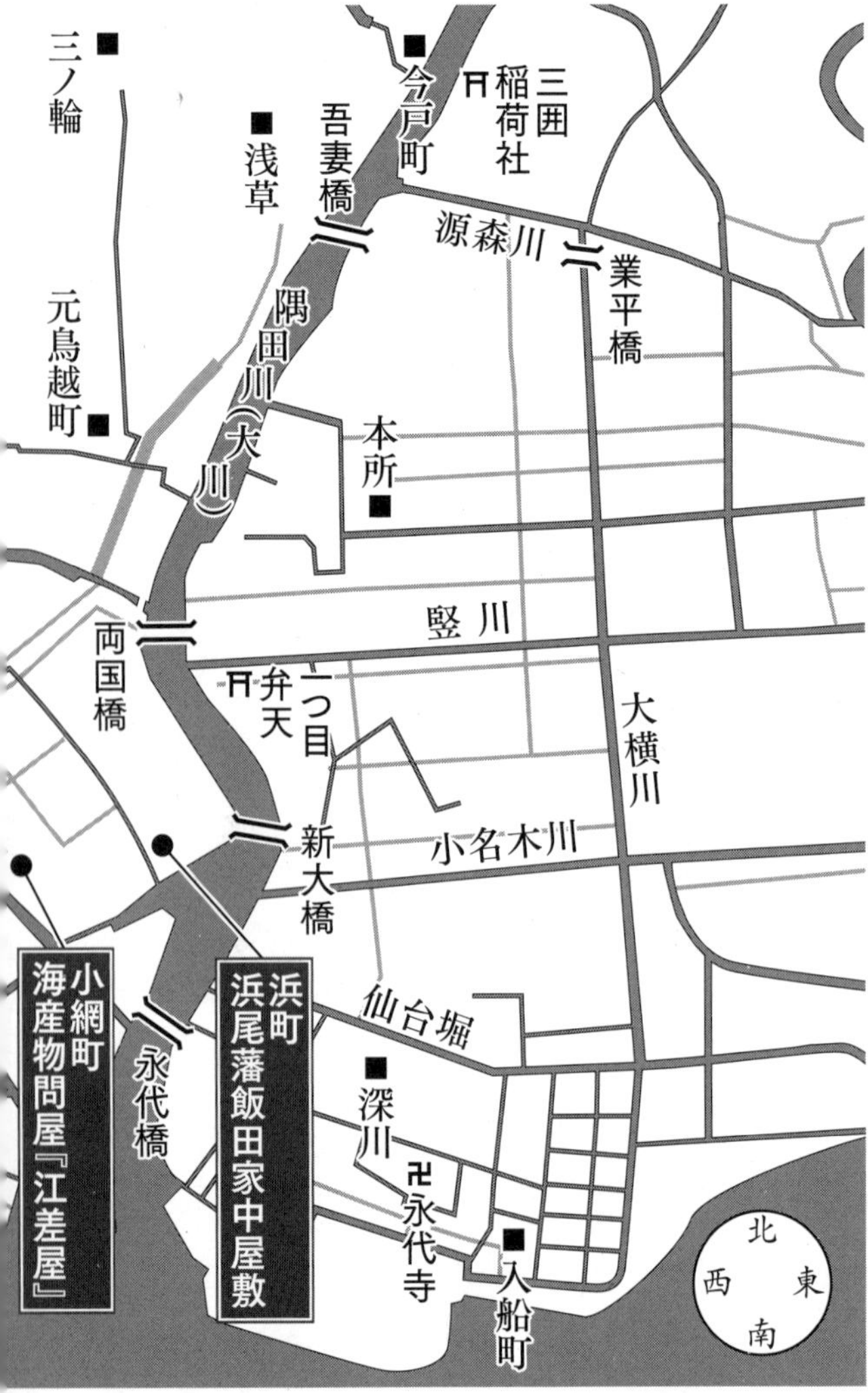
三ノ輪
浅草
吾妻橋
今戸町
三囲稲荷社
源森川
業平橋
隅田川(大川)
元鳥越町
本所
竪川
両国橋
弁天
一つ目
大横川
小名木川
新大橋
仙台堀
深川
永代寺
入船町
永代橋
浜町
浜尾藩飯田家中屋敷
小網町
海産物問屋『江差屋』
北
西
東
南

「わかれ道」の舞台

主な登場人物

〈青柳家〉

青柳剣一郎《あおやぎけんいちろう》 風烈廻り与力。柳生新陰流の達人で、賊を退治した際に頬に受けた刀傷の痕から、〝青痣与力〟と呼ばれ、市井の人々に畏れ敬われている

剣之助《けんのすけ》 剣一郎の伜。吟味方与力の見習い

志乃《しの》 剣之助の妻女

るい 剣一郎の娘

多恵《たえ》 剣一郎の妻女。勘が鋭く、剣一郎を支えながら、町の女たちの悩み相談にものっている

太助《たすけ》 猫の蚤取りを生業にしながら、剣一郎の手先として働く

仕える

特命

〈南町奉行所〉

宇野清左衛門《うのせいざえもん》 奉行所を取り仕切る年番方与力。剣一郎の眼力を買い、難事件の探索を託す

長谷川四郎兵衛《はせがわしろべえ》 内与力。奉行の威光を盾に、剣一郎に高圧的な態度で難癖をつける

橋尾左門《はしおさもん》 吟味方与力。剣一郎の幼馴染みでもある

礒島源太郎《いそじまげんたろう》
大信田新吾《おおしだしんご》 風烈廻り同心。剣一郎と見回りにあたることも多い

植村京之進《うえむらきょうのしん》 定町廻り同心。剣一郎に強い憧れを抱いている

作田新兵衛《さくたしんべえ》 隠密廻り同心。変装の達人で、剣一郎の信頼が厚い

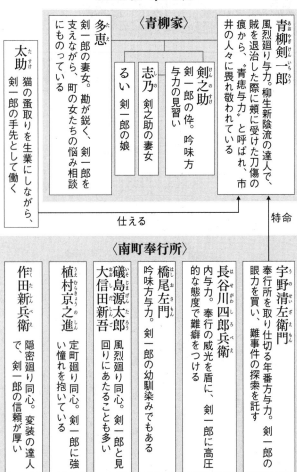

第一章　魔性の女

一

夜来の強風は夕方になっても止《や》まず、風烈廻《ふうれつまわ》り与力《よりき》青柳《あおやぎ》剣一郎《けんいちろう》は張り詰めた気持ちで周囲に目を配っていた。

配下の同心《どうしん》礒島《いそじま》源太郎《げんたろう》と大信田《おおしだ》新吾《しんご》も真剣な顔で巡回をしている。

砂塵《さじん》を巻き上げ、紙屑《かみくず》や桶《おけ》、板などが飛ばされるほどの強風の中で、一度出火すればたちまち火は燃え広がり、大火事になりかねない。

失火だけでなく、付け火にも注意を払わなければならなかった。家の前に燃えやすいものが出ていたら、住人に片づけるように注意をし、不審な動きをする者には声をかける。

朝早くに南町《みなみまち》奉行所を出て、風上のほうの牛込《うしごめ》、小石川《こいしかわ》方面に向かい、そこから本郷《ほんごう》、湯島《ゆしま》、そして下谷《したや》とまわり、神田《かんだ》佐久間町《さくまちょう》を通り抜けた。

陽《ひ》が傾いてきたが、相変わらず風は強い。

和泉橋《いずみばし》を渡り、柳原《やなぎわら》通りに出る。前方から、漆《うるし》塗りの乗物がやってくる。藤《ふじ》の花房が垂れ下がった下がり藤の紋所《もんどころ》だが、真ん中に黒い丸印がついていた。どこぞの大名家の家老《かろう》職にある者かもしれない。

風が砂塵を巻き上げるたびに乗物の動きが止まる。ふたりの供侍《ともざむらい》も顔を俯《うつむ》け、風をやり過ごす。

剣一郎たちは乗物の一行とすれ違った。

次いで、饅頭笠《まんじゆうがさ》をかぶった五人の侍がやってきた。すれ違ったとき、剣一郎はかすかに殺気を感じた。

剣一郎は足を止め、振り返った。饅頭笠の侍たちは乗物のあとをつけているようだ。

「青柳さま、何か」

礒島源太郎が声をかけた。

「今の連中」

剣一郎は呟《つぶや》く。

「饅頭笠の侍ですか」

源太郎も剣一郎と同じ方向を見てきいた。乗物はだいぶ先を行っていた。

「殺気が漲《みなぎ》っていた」

「殺気ですか」

源太郎が呟いたとき、すでに乗物は角を曲がっていた。

突然、叫び声が聞こえた。剣一郎はすぐさま駆けつけ、角を曲がった。

饅頭笠の侍たちが乗物を襲ったのだ。供侍が応戦したが、たちまち四人掛かりの賊《ぞく》に圧倒されていた。その間に、乗物を担《かつ》いだまま陸尺《ろくしゃく》は逃げたが、長身の饅頭笠の侍に追いつかれた。

「待て」

剣一郎は叫んだ。

「南町奉行所の者だ。往来での騒ぎ、あいならぬ」

「おのれ。よけいな邪魔を」

供侍を追い詰めていた饅頭笠の侍のひとりが斬り込んできた。

剣一郎は身を翻《ひるがえ》して剣先を避け、

「刀を引くのだ」

と、一喝《いっかつ》する。

また、砂塵が舞い上がった。剣一郎が目に手をかざしたとき、別の中肉中背の饅頭笠の侍が突進してきた。

剣一郎は目を閉じたまま抜刀し、相手の剣を払った。

よろけたところに、すかさず肩を狙《ねら》って刀の峰《みね》を叩《たた》きつけた。饅頭笠の侍は呻《うめ》いてくずおれた。

乗物のほうに目をやる。長身の饅頭笠の侍が乗物の前にしゃがみ、剣を中に突き刺そうとした。剣一郎は小柄《こづか》を投げた。気配を感じたのか、長身の侍は振り向いて剣を振り、小柄を弾《はじ》いた。

剣一郎は追いついた。

「そなたたち、何者だ?」

「退け」

長身の侍が叫ぶ。

饅頭笠の侍たちは一斉に来た道を引き返した。しかし、肩を打たれた侍だけがまだ起き上がれないでいた。

剣一郎はその侍の前に立った。

「どこの者だ?」

剣一郎はきいた。

「………」

饅頭笠の侍は俯いている。

供侍が近づいてきた。

「かたじけない」

供侍は剣一郎に礼を言った。

「いや。それよりこの者は？」

剣一郎は賊の正体を確かめた。

「ご家老」

供侍が声を出した。

乗物から下りた武士が近づいてきた。三十半ばくらいで、鼻筋が通っている。

「ご助勢、かたじけのうござる」

ご家老と呼ばれた男は静かに頭を下げた。

「この者、いかがいたしましょうか」

剣一郎はきいた。

「どうぞ、お解き放ちを」

「しかし、あなたさまの命を奪おうとしたのではありませんか。襲ったわけや背後関係を問い質《ただ》すべきかと」

「はい」

家老は沈んだ顔で頷《うなず》き、

「心当たりがないわけではありません。あとは私のほうで対処します。どうか、お解き放ちを」

と、訴えた。

「失礼ですが、ご尊名をお伺いしてもよろしいでしょうか」

剣一郎は問いかけ、

「拙者は南町奉行所与力青柳剣一郎と申します」

と、名乗った。

「浜尾《はまお》藩飯田《いいだ》家の次席家老風見貞之介《かざみさだのすけ》と申します」

「わかりました。では、あとのことはよろしくお願いいたします」

剣一郎は引き下がった。

「かたじけない」

風見貞之介は礼を言い、しゃがんでいる饅頭笠の侍の前に立ち、

「こんなことをしたら、かえって自らの首を絞《し》めることになる。帰って、そう伝えよ」

と、声をかけた。

饅頭笠の侍はなんとか立ち上がり、剣を拾うと痛む肩を押さえながらよろよろと走って行った。

「では、これにて」

「風見さま」

剣一郎は呼び止め、

「こんな強風の中、どちらにお出かけを?」

と、尋ねた。

「浜町《はまちょう》に飯田家の中屋敷があります。そこから小川町《おがわまち》の上屋敷に帰るところでした」

「わかりました。お引き止めいたしました」

剣一郎は詫《わ》びた。

「いや」

風見は首を横に振り、

「かねてより噂《うわさ》に聞いていた青柳どのにお会い出来て光栄にございました」

と、口元を綻《ほころ》ばせた。

「恐れ入ります」

「では」

風見は乗物に乗り込み、風の中を去って行った。

浜尾藩飯田家は山陰《さんいん》の二十万石の大名である。そこの次席家老だという。

「風見貞之介か」

なかなかの人物と見受けた。

襲った連中はおそらく同じ家中の者ではないか。飯田家において、次席家老の風見貞之介を排除しようとする動きがあるのかもしれない。

大名家のことに奉行所は口出し出来ないが、なんとなく気になってならなかった。

礒島源太郎と大信田新吾のところに戻り、再び見廻りをはじめたが、心なしか風の勢いが弱まっているようだった。

翌朝、出仕した剣一郎は、手透きのときにお会いしたいと年番方《ねんばんかた》与力の宇野清《うのせい》左衛門《ざえもん》のもとに見習い与力を遣《つか》わした。

すぐに、見習い与力が戻ってきて、

「今なら構わないとのことでございます」

と、伝えた。

「わかった。ごくろう」

剣一郎はすぐに立ち上がった。

年番方与力の部屋に着くと、清左衛門に声をかけた。

「宇野さま」

文机《ふづくえ》に向かっていた清左衛門は、筆を置いて振り向いた。

「申し訳ありません。ちょっとお伺いしたいことがありまして」

剣一郎は口を開いた。

「なんなりと」

「宇野さまは、浜尾藩飯田家についてご存じでしょうか」

「浜尾藩飯田家は、藩主が江戸に出府《しゅっぷ》なさるたびに奉行所に挨拶《あいさつ》に来ている」

大名家では、家臣が江戸の町で事件に巻き込まれた際などに、穏便に済ませてもらおうと日頃から奉行所に付け届けをしている。

「長谷川《はせがわ》どののほうが詳しいが」

付け届けの使者の相手をするのは内与力だ。

清左衛門は訝《いぶか》しげに、

「浜尾藩飯田家が何か」

と、きいた。

「昨日、次席家老の風見貞之介さまを乗せた乗物が五人の饅頭笠の侍に襲われました。たまたま通り合わせた私が助勢しましたが」

剣一郎はそのときの様子を話し、

「捕まえた賊のひとりを問い質すことなく、風見さまは解き放ちました。賊に、心当たりがないわけではないと仰《おつしや》っておりましたが、どうやら、賊は同じ家中の者のようです」

「穏やかではないな。同じ家中の者が家老を襲うとは……」

清左衛門は厳しい顔をした。

「飯田家で何か揉《も》め事があるのかどうかが気になりまして」

「長谷川どのがどこまで知っているかどうか」

清左衛門は眉根《まゆね》を寄せた。

南町には内与力が十人いるが、その筆頭が長谷川四郎兵衛《しろべえ》だ。

大名家の御留守居役《おるすいやく》が奉行所に付け届けを持ってやってきたとき、主に四郎兵衛が挨拶や取次など応対しているのである。

四郎兵衛がどこまで飯田家のことを聞いているかだ。

「これから長谷川どののところに行こう」

清左衛門が立ち上がった。

「長谷川さまのご都合をきかなくてよろしいのですか」

剣一郎は懸念する。

「なあに、向こうが我らを呼びつけるときは忙しくてもお構いなしだ。行ってみよう」

清左衛門はさっさと部屋を出て、内与力の用部屋に向かった。

四郎兵衛は剣一郎を嫌っている。剣一郎が奉行所の内与力という制度に批判的な立場だということもあるが、南町での突出した活躍振りが面白くないようだ。

途中、吟味《ぎんみ》方与力の部屋から悴《せがれ》の剣之助《けんのすけ》が出てきた。剣一郎の竹馬《ちくば》の友である吟味方与力橋尾左門《はしおさもん》の下に就《つ》いている。

剣之助は廊下の端に寄り、清左衛門と剣一郎を会釈して見送った。

四郎兵衛は剣一郎に敵愾心《てきがいしん》を持っているが、どういうわけか剣之助のことはとても気に入っている。

四郎兵衛の複雑な心持ちを剣一郎は理解出来ずにいた。

内与力の用部屋に行き、内与力のひとりに、

「長谷川どのを呼んでもらいたい」

と、清左衛門が声をかけた。

「わかりました」

「隣の部屋は空《あ》いているな。そこで待っている」

「はい」

内与力は用部屋の奥にいる長谷川四郎兵衛のところに行った。

清左衛門と剣一郎は用部屋の隣にある部屋に入った。

ほどなく、長谷川四郎兵衛が現われた。剣一郎の顔を見て、眉根を寄せた。

「青柳どのもいっしょか」

腰を下ろすなり、いきなり四郎兵衛は口を開いた。

「じつは、青柳どのがお伺いしたいことがあるのでござる」

清左衛門は切り出す。

「何か」

「浜尾藩飯田家についてです」

剣一郎は次席家老の風見貞之介が賊に襲われた話をし、

「どうも、その賊が飯田家家中の者ではないかと思えるのです」

と、想像を口にした。

「浜尾藩飯田家にて何か揉め事があるのではないかと思ったものですから」

「いや、知らん」

四郎兵衛は突慳貪《つっけんどん》に言ったが、

「次席家老の風見貞之介どのについては、御留守居役から聞いたことがある」

と、続けた。

「有能な人物で、飯田家の藩政改革や財政改革をやり遂げた人物だそうだ。藩主の伊勢守《いせのかみ》さまの信任も篤《あつ》い。しかし、国許にいるはずだが……」

「なんらかの事情で江戸に来ているのかもしれませんね」

「そうだろう」

四郎兵衛はふと思いだしたように、

「藩政改革では、かなり大胆なことをしたそうだ」

と、口にした。

「長年の年寄格でのうのうとして御家の役に立たない者を格下げしたり、下級武士であっても有能な者を引き立てたりする制度を作ったという」

四郎兵衛は顔をしかめ、

「格下げされた者の中には、風見どのを恨んでいる者もいるのではないか」

と、言った。

「なるほど」

剣一郎は大きく頷き、

「長谷川さまの考えが当たっているかもしれません。風見さまは、襲われる心当たりがあると仰り、捕まえた賊になにもせずに逃がしました」

「そうか。やはり、一部の不満を持つ者が過激な行動に走ったのだ」

四郎兵衛は溜《た》め息をついた。

「よくわかりました。ありがとうございました」

剣一郎は礼を言う。

「さすが長谷川どの」

清左衛門も讃《たた》えた。

「いや、なんの」

四郎兵衛は満更《まんざら》でもない顔をした。

年番方与力の部屋に戻り、剣一郎は改めて清左衛門に挨拶をして与力部屋に戻った。なぜか、もう一度、風見貞之介に会うような予感がしていた。

藩政や財政の改革をやり遂げた男と聞き、もう一度会いたいという思いが、そんな予感をいだかせたのかもしれない。

二

十月五日の昼前、定町《じょうまち》廻り同心植村《うえむら》京之進《きょうのしん》は鳥越《とりごえ》神社の近くにある一軒家に駆け込んだ。

手札《てふだ》を与えている岡《おか》っ引《ぴ》きが迎えに出て、

「こっちです」

と、奥に案内した。

窓から初冬の陽差しが、仰向けに倒れている男の顔を照らしている。五十前後、四角いえらの張った顔だ。辺りは血の海だったろうが、血はとうに乾いていた。

京之進は手を合わせて、亡骸《なきがら》を検《あらた》めた。

喉《のど》を掻《か》き切られていた。背後から抱きつくようにして刃物を喉に当てたのだろう。下手人《げしゅにん》が手慣れているのか、殺された男がまったく油断していたのか。

「浴衣《ゆかた》姿だ。殺されたのは昨日ではないな、一昨日《おとつい》の夜、いやその前か」

京之進は口にする。

「へえ、これからふとんに入ろうとしたところだったかもしれませんね」

岡っ引きが言う。

ふとんに枕がふたつ。

「男の身元は？」

「神田佐久間町にある薪炭《しんたん》問屋『大嶋屋《おおしまや》』の主人の伊右衛門《いえもん》だと思われます」

「思われるというのは？」

「この家は伊右衛門が借りていましたが、実際にはおくにという女が住んでいたようです。つまり、おくには囲われ者」

「おくにはいくつぐらいだ？」

「二十八、九の妖艶《ようえん》な女だそうです」

「そうか。しかし、『大嶋屋』は伊右衛門が帰ってこないのになぜ今日まで放っておいたのか」

「『大嶋屋』に使いを走らせました。じきに、誰かやってくると思います」

「おくにはどうしている？」

京之進はきいた。

「どこにもいません」

「殺されていないか」

京之進は不安を口にした。

「いちおう家の中と庭を捜しましたが、死体はありません」

岡っ引きは言い、

「ひょっとして、おくにに間夫《まぶ》がいて、その男が……。おくには間夫といっしょに逃げたのではないでしょうか」

と、想像した。

「うむ」

京之進は頷いてから、

「背後から襲ったにしても、下手人は血を浴びているだろう。そのまま外に出たら、不審に思われる」

京之進は台所に行った。

水瓶《みずがめ》の水が濁《にご》っていた。

「ここで返り血を洗ったようだ」

京之進は呟き、

「下手人がおくにを連れて逃げたとしたら、木戸番などが女連れの男を見かけているかもしれぬな」

「ええ、聞き込みをかけてみます」

「死体を発見したのは？」

京之進はきいた。

「向かいの下駄《げた》屋の亭主がふつかも続けて雨戸が閉めっぱなしなので、おくにに何かあったのではないかと思い、自身番に相談しに行ったそうです。それで、町役人といっしょに心張《しんば》りをかっていない裏口から入って死体を見つけました」

「ふつかも閉めっぱなしか。すると、やはり、殺しは三日前か」

京之進はもう一度亡骸のある場所に戻った。

すると、町役人が二十五、六歳の男を連れてきた。

「『大嶋屋』の若旦那《わかだんな》です」

「よし」

京之進は亡骸のところに通した。

若旦那は亡骸を見て、

「おとっつあん」

と、叫んでしがみついた。

「どうして、こんなことに」

嘆き悲しんでいる若旦那に、

「『大嶋屋』の伊右衛門に間違いないな」

と、京之進は声をかけた。

「はい。間違いありません」

「そなたは?」

「はい、倅の伊之助《いのすけ》です」

「殺されたのはおそらく十月二日だ。きょうまでの三日間、どうしていたのだ?」

「二日の晩、泊まってくると言って出かけ、次の日の夕方になっても帰ってこないので、心当たりを捜していたところです。昨日も帰って来ないので、お奉行所に訴え出ようかと思っていました」

伊之助は嗚咽《おえつ》を堪《こら》えながら答える。

「この家のことは知らなかったのか」

「はい。ただ、三月《みつき》ほど前からときたま外泊するようになったので、問い詰めたところ、妾《めかけ》を囲っていると打ち明けました」

伊之助は深呼吸をして、

「でも相手の名も、住まいも言おうとしません。いずれ教えるというので、そのままに」

「妾を囲うことに誰も何も言わなかったのか」

京之進はきいた。

「三年前におっかさんが病死しました。今さら後妻をもらう歳《とし》でもないですし、それよりは妾を囲うほうがいいと思っていました」

「ここに住んでいたのはおくにという女だ。おくにの姿が見えない」

「見えない？」

伊之助がきき返し、

「では、そのおくにがおとっつあんを？」

と、目をつり上げた。

「まだ、はっきりとは言えないが……」

京之進は首を横に振る。

「三日前、おとっつあんはまとまった金を持ちだしていました」

「いくらだ？」

「百両です」

「百両を持ってここに来たのか」

京之進は眉根を寄せ、

「その金をめぐって何かあったのか」

と、呟く。

その後、検使役の同心も到着した。

その日の夕方。

岡っ引きと手下が近所の聞き込みをし、京之進は神田佐久間町の自身番屋で、その報告を受けた。

まだ、おくにが下手人と決まったわけではない。おくにの間夫の仕業《しわざ》にしても、おくにが手引きしたのか、間夫が勝手にやったことなのか。あるいは、関係ない第三者が押し込んだだか。

「三日前の夜五つ（午後八時）ごろ、隣家の者がおくにの家から悲鳴を聞いたそうです。悲鳴は短く、一瞬で終わり、その後は静かなままだったということです」

「三日前の夜五つか。そのとき、伊右衛門は喉を掻き切られたのだ」

京之進は呟く。

「それから、その翌日の朝、おくにがひとりで風呂敷包みを抱えて出かけていくのを近所に住む大工が見ていました」

「なに、翌日の朝？」

京之進はおやっと思った。

「ええ、おくにに特に変わった様子はなかったようです」

「前夜の五つごろ、伊右衛門が殺されたとしたら、おくには一晩死体と過ごしたことになるな」

京之進は血まみれで死んでいた伊右衛門の姿を思いだしながら、

「別の部屋で寝たとしても、よくあの家で過ごせたな」

と、不思議に思った。

「家の中に、高価なものはなかった。おくにのもので残っていたのは古い着物だけだ。家財道具にしても目ぼしいものはなかった。もともと置いていなかったのか、それとも最近になって処分したのか」

「大工が言うには、おくには三味線堀《しゃみせんぼり》のほうに向かったそうです。今、手下がおくにを見かけた者がいないか捜しています」

「おくにというのは何者なのか」

京之進は呟く。

「近所の者とはあまり付き合いはなかったようです。ただ、酒屋の手代が言うには、色っぽいきれいな女で、じっと見つめられるとぞくぞくしたそうです。とても気安いひとで、愛想《あいそ》がよかったと。同じようなことを、下駄屋の亭主も言ってました。とても妖艶でいて、人懐《ひとなつ》っこいと」

岡っ引きは続ける。

「でも、評判がいいのは男にだけです。下駄屋の女房は男に媚《こび》を売る、いやらしい女だとけなしていました」

「家に、家財道具がなかったことは？」

「下駄屋の女房が四、五日前、道具屋がやってきて桐《きり》の箪笥《たんす》を運び出して行くのを見たと言ってました」

「やはり、処分していたか」

京之進は唸《うな》り、

「殺すことは決めていたようだな」

と、決めつけた。


翌日の夜、神田佐久間町にある薪炭問屋『大嶋屋』で、主人伊右衛門の通夜《つや》が行なわれた。三人やってきた僧侶の読経《どきょう》が終わり、大広間に参列者が集まって呑《の》み食いをはじめていた。

京之進は別の部屋にいた。岡っ引きがひとりの男を連れてきた。

「旦那。伊右衛門と親しくしていた幸兵衛《こうべえ》さんです」

神田須田町《すだちょう》にある瀬戸物問屋『河内屋《かわちや》』の主人だという。五十前後の中肉中背の男だ。

「すまない、ちょっと話を聞かせてもらいたい」

京之進は口を開く。

「はい」

幸兵衛は京之進の前に腰を下ろした。

「伊右衛門とはどういう間柄だね？」

「子どものときからの親友です。四十年ほどの付き合いになります。もともと親同士が仲がよかったので」

幸兵衛は目を細め、

「まさか、こんなことになるなんて」

と、声を詰まらせた。

「無二の親友を失った気持ちはよくわかる」

「誰が伊右衛門を？　おくにという妾ですか」

幸兵衛は厳しい声できいた。

「まだ、言い切ることは出来ないが、疑わしいことは間違いない」

京之進は慎重に答えて、

「伊右衛門からおくにの話を聞いたことはあるか」

と、確かめる。

「聞いていますｏずいぶんのろけていましたからね」

幸兵衛はしんみり言う。

「妾の名前は知っていたのか」

「はい。伊右衛門が教えてくれましたから」

「伊右衛門はおくにとどこでどうやって知り合ったか、聞いていないか」

京之進はきいた。

「自分からうれしそうに話していました。風がとても強い日だったそうです。強風を受けながら、神田明神《みょうじん》の拝殿で熱心に手を合わせている女がいたそうです。風を凌《しの》ぐために境内《けいだい》にある水茶屋に入ったところ、その女もあとから入ってきて隣り合わせに座ったことがきっかけで声をかけたと」

幸兵衛は続ける。

「何を願っていたのかときいたら、これからの身の振り方だと答えたそうです」

「身の振り方か」

男の関心を惹くための言葉のような気がした。

「おくには芸者だったそうで、ある大店《おおだな》の旦那に落籍されたが、その旦那が急死し、家も追い出された。これからどうやって暮らしを立てて行くか、とても不安だと」

　幸兵衛は息継ぎをし、

「伊右衛門は同情し、それから何度か逢瀬《おうせ》を重ねるうちに女のために家を借りてやったそうです」

「伊右衛門はおくにに対してどうだったのだ？」

「それはもうぞっこんで、参ってしまっていました。うれしくて、他の者には黙っていても、私だけには打ち明けたかったようです」

　幸兵衛は間を置き、

「男やもめで寂《さび》しかったでしょうから、よかったと思いました」

と、理解を示した。

「おくにに会ったことは？」

「あります」

　幸兵衛の表情が一変した。

「どうした？」

「はい。このことは伊右衛門には言わずにいたのですが」

　幸兵衛は迷いながら、

「一度、神田明神境内にある料理屋に伊右衛門がおくにを連れてきたことがあり、食事を共にしました。伊右衛門が自慢するように、妖艶な美しい女でした。これほどの女が伊右衛門の妾なのかと、嫉妬《しっと》するほどでした。ところが、伊右衛門が厠《かわや》に立ったあと、ふたりきりになったら、おくにが私に色目を使ってきました」

「色目を？」

「ええ。じつはその前に、伊右衛門が私のことを自分以上の金満家だと吹聴《ふいちょう》していたからだと思うのです。私はこの女は金が目当てではないかと不審を持ちました。でも、伊右衛門には言えず、それからおくにとは会っていません」

幸兵衛は苦しそうに顔をしかめ、

「あのとき、伊右衛門に嫌われようが、おくにの本性を知らせておくべきだったと後悔しています。知っていれば、もう少し警戒したでしょうが」

と、唇を嚙《か》んだ。

「伊右衛門は、おくにに間夫がいるのではないかと疑っている様子はなかったか」

京之進はきいた。

「いえ。そのような様子はありませんでした」

幸兵衛は言ってから、

「あれは魔性の女です」

と、憤然と吐き捨てた。

幸兵衛の話の中で何か引っ掛かるものがあったような気がしたが、すぐには思いだせなかった。

「ごくろうだった」

京之進は話を切り上げた。

「失礼します」

幸兵衛が部屋を出て行こうとしたとき、京之進はあっと声を上げた。

「待て」

京之進は幸兵衛を引き止めた。

「ひとつききたい」

「なんでしょうか」

幸兵衛は元の場所に戻った。

「伊右衛門がおくにと出会った神田明神境内の水茶屋で、おくには身の上を語ったのだな」

京之進は続ける。

「芸者だったとき、ある大店の旦那に落籍されたが、その旦那が急死し、家も追い出されたと」

「はい。伊右衛門はそう言っていました」

「芸者だったというのはほんとうだと思うか」

「いいえ。旦那が急死して途方にくれたというなら、また芸者としてお座敷に出ればいいはずです。元芸者というのは嘘《うそ》だと思いました」

「旦那の妾だったというのも嘘か」

「伊右衛門は、どこの旦那かときいたと言ってました。そうしたら、南伝馬町《みなみてんまちよう》の大店とだけ答えたそうです」

「南伝馬町の大店か」

京之進は真顔になった。

「でも、それも口から出まかせかもしれませんよ。口もうまそうな女でしたから」

幸兵衛は疑った。

「そうだな。わかった。引き止めてすまなかった」

「では」

幸兵衛は部屋を出て行った。

その他、参列者の中から何人かに話を聞いたが、幸兵衛以上のものはなかった。

三

その夜、剣一郎の八丁堀《はっちょうぼり》の屋敷に、太助《たすけ》がやってきた。

庭先に立ったままなのは、顔に土がつき、髪や着物も埃《ほこり》まみれなのを遠慮しているからのようだった。

「どうした、その格好は？」

剣一郎は濡縁《ぬれえん》に出て、

「また、猫を探してどこかの床下に潜り込んだのか」

と、苦笑してきいた。

太助は猫の蚤《のみ》取りと、いなくなった猫を探し出すことを商売にしている。

「へえ、そのとおりでして」

「風呂に入ってこい」

「へえ。その前にちょっと」

太助が何か言おうとしている。

「何だ？」

剣一郎は濡縁に腰を下ろし、話を聞く態勢になった。

「じつは元鳥越町《もととりごえちょう》のお妾さんが飼っていた猫がいなくなって、五日目の今日になってようやく探し出したんです」

太助は言い、

「どこにいたと思いますか」

と、きいた。

「さあな。しかし、わざわざ太助がそんなことをきくのは意外な場所だったのだな。うむ、妾の家の床下だ。どうだ？」

剣一郎は笑いながら言う。

「恐れ入ります。じつはそうなんです」

太助は感心して、

「猫は今日になって家に帰ってきたんです。でも、昼間も雨戸が閉まっていて中に入れなかったんです」

「妾は泊まりで外出か。まさか引っ越してしまったわけではないだろうな」

「そのまさかなんです。猫を床下から出したはいいけど、肝心《かんじん》の飼い主が留守じゃどうしようもありません。猫を抱いて向かいにある下駄屋さんに顔を出しました。で、事情を聞いてびっくりしました」

　太助は目を丸くし、

「その家で、妾の旦那が殺されたというんです。下手人はわかりませんが、妾も疑われているそうです」

「殺されたのは神田佐久間町にある薪炭問屋『大嶋屋』の主人伊右衛門だ。妾は確か、おくに」

　剣一郎は口にした。

「ご存じでしたか」

「京之進から聞いていた。そうか、おくにの猫だったのか」

「はい」

「で、その猫はどうした?」

「下駄屋の内儀《おかみ》さんが気に入っちゃって預かってくれることになりました」

「それはよかった」

「でも、あのおくにさんが旦那の殺しに関わっているなんてちょっと信じられません」

「何度か会っているのか」

「はい、ひと月ほど前に猫の蚤取りを頼まれたのが最初です。それから、猫が逃げたといって……」

そこに妻女の多恵《たえ》がやってきた。

「やはり、太助さん、来ていたのね」

「はい」

「あら、埃だらけじゃないの。今、空《あ》いているからお風呂に入ってきなさい」

多恵は勧めた。

幼くして母を亡くし、太助はひとりで生きてきた。子どものころ、寂しさから落ち込んでいる太助に剣一郎が声をかけたことがあった。太助は剣一郎の言葉に励まされ、頑張って苦難を乗り越えてきたのだ。

その太助とひょんなことから再会し、それからは剣一郎の手先としても働くようになった。頻繁《ひんぱん》に屋敷にも顔を出していたが、多恵も太助が気に入り、今では青柳家の家族同然だった。

「さあ、早く風呂に入ってこい」

剣一郎もう一度言う。

「はい」

太助は庭をまわり、勝手口に向かった。

「着替えもだしておきますからね」

多恵は太助の背中に声をかける。

「飯もまだだろう」

「わかりました」

多恵は部屋を出て行った。

そうか、太助はおくにと何度か顔を合わせているのだ。

おくにが元鳥越町の家を出て行ってから三日経《た》つ。京之進の話では、おくにの足取りはつかめていないようだ。

おくにがどんな人物か、太助の話を聞くのも参考になるかもしれない。

剣一郎は奉公人に京之進の屋敷まで使いに行ってもらった。奉公人はすぐ伺うという返事をもらってきた。

太助が風呂からあがり、夕餉《ゆうげ》をとって部屋に戻ってきた。

「太助、さっきの続きだが、京之進におくにのことを話してくれないか。行方を追う上で何か参考になるかもしれないでな」

剣一郎はさっぱりした顔つきの太助に言う。

「わかりました」

ちょうど、京之進がやってきた。

「夜分に呼び立ててすまなかった」

剣一郎は詫びた。

「いえ」

京之進は恐縮する。

「その後、おくにの手掛かりは？」

剣一郎はきいた。

「まったくありません」

京之進は首を横に振り、

「念のために、浅草、神田の旅籠《はたご》などを調べましたが、おくにらしい女が泊まっていた形跡はありませんでした。おそらく知り合いのところに身を寄せているのだと思いますが、過去も人となりもわからないので」

と、悔しそうに言い、

「ただ、伊右衛門と出会う前に、おくには南伝馬町の大店の旦那の世話になっていたと話していたそうです。その旦那が急死し、囲われていた家を追い出されたということですが、念のために、この話が事実かどうかを調べています」

「そうか。じつは、太助が元鳥越町のおくにの家に何度か出入りをしていたそうだ」

剣一郎は切り出した。

「えっ、太助が?」

京之進は太助に目を向けた。

「はい。最初はひと月ほど前に猫の蚤取りを頼まれました。それから、猫がいなくなったとのことで、探して欲しいと」

太助は説明した。

「猫がいなくなったのはいつだ?」

京之進がきく。

「十月一日です」

「おくにに会ったのはその日が最後か」

「いいえ、次の日も会いにいきました。猫がいつも使っている寝床や食べ物をとりに」

「その日は二日だ。事件があった日だ」

京之進は厳しい顔で言う。

「そうですね。その夜に事件が……」

太助は表情を暗くした。

「猫を探しているときに事件が起きたということは、行きあたりばったりの犯行ではないのでしょうか。事前に企《たくら》んでいたのなら、猫の落ち着き先を探してから実行すると思いますが」

京之進は首をひねった。

「いや。そうとも言えない」

剣一郎が口をはさんだ。

「と、仰いますと？」

京之進が剣一郎に顔を向けた。

「おくには太助に猫を託したのかもしれぬ」

「あっしにですか」

太助が不審そうな顔をした。

「おくにが下手人だとしたら、その前に猫を始末しなければならない。しかし、猫を誰かに預けたら、不審をもたれかねない。そこで、わざと猫を外に追いやり、太助に探させる。必ず、太助は探し出すだろう。そのとき、自分がいなければ預かり先を探すはずだと」

剣一郎は想像した。

「おくにさんは猫を可愛《かわい》がっていましたが、それほど執着しているようには思えませんでした」

「猫が心底好きではなかったというのか」

京之進は呟く。

「好きなことは好きだったでしょうが、それよりはまず自分のことを優先して考えていたと思います」

太助は言ってから、

「おくにさんの性分からして、闇雲《やみくも》にあの家から逃げたのではないような気がします」

と、口にした。

「逃げ込む場所を前もって決めていたと？」

京之進は不思議そうにきいた。

「はい。そんな気がします」

「確かに、下駄屋の亭主の話では翌日の朝に出て行ったおくには落ち着いていたということです。行き先に心配がなかったからかもしれません」

京之進も頷き、

「ただ、おくには死体と同じ屋根の下で一晩過ごしている。気味悪くなかったのか。この肝っ玉の大きさにたまげています」

と、驚いたように言う。

「そんなひとには見えませんでしたけど」

太助は自信なげに言う。

「おくにはどんな女だったね」

京之進はきいた。

「とにかく、色香があってきれいな女のひとでした。普段は地味な着物でしたが、かえって色気があふれているようでした」

太助は続ける。

「言葉づかいは丁寧《ていねい》で、人当たりがよいひとでした。そしていつも冷静で、何があっても慌てることはありません。自由に生きているといったおおらかさも感じました」

「自由か」

「はい。自分の好きな生き方をしている。そんな感じでした。ですから、囲われていることに違和感を覚えました」

「というのは？」

京之進はさらにきく。

「自分の好きなように生きているのに、囲われているのがどこか矛盾しているかと」

「なるほど」

京之進は頷いてから、

「おくにから誘惑されたりしなかったのか」

京之進はきいた。

「旦那の伊右衛門は五十歳ぐらいだ。そんな年寄りを相手にしていると、太助のような若い男を誘惑したりするのではないかと思ったのだが」

「いえ。おくにさんははっきり言ってました。自分は金のある男にしか興味がないって」

「そんなことを言っていたのか」

「ええ、開放的で、思っていることはずけずけと口にするようなひとでした。だから、話していても楽しかったです」

太助は思いだしながら口にする。

「おくには間夫がいるようなことを匂《にお》わせてはいなかったか」

京之進はきいた。

「いえ、いないと思います」

太助は答えた。

「なぜ、そう思う？」

「おくにさんにきいたからです」

「きいた？　そんなことをきいたのか」

剣一郎は驚いてきき返す。

「はい。おくにさんはざっくばらんな方なので、こっちも調子に乗って、ほんとうは若い間夫がいるんじゃないですかってきいたんです。よく外出しているようなので」

「おくには否定したのだな」

剣一郎はきいた。

「はい。そのときです。自分は金のある男にしか興味がないって言ったのは」

「なるほど」

剣一郎は太助がそう感じたからには、やはり間夫はいなかったとみていい、と考えた。

「おくにの知り合いについて何かわからないか」

京之進がきく。

「江戸に出てきて二年で、あまり知り合いはいないというようなことを言ってました」

「江戸に二年？　それまではどこにいたのか」

「浜松《はままつ》と三島《みしま》にいたそうです」

「そこで何をしていたかは？」

「料理屋で働いていたと言ってました」

「そうか」

「でも、嘘だと思います」

「嘘？　料理屋で働いていたことが嘘だというのか」

京之進はきいた。

「はい。ひとに使われることが苦手な感じがしました。また、金持ちの男に媚を売ることは出来ても、各々の客に対して下手《したて》に出ることが出来るようなひとには思えませんでした」

「太助、よく、おくにを見ていたな」

剣一郎は感心して言う。

「猫の蚤取りをしている間、いろいろな話をしましたから」

太助は目を細めた。

「太助、そなたはおくにをどう思う？」

剣一郎はきいた。

「ひとを殺すような女に見えたか」

「そうは見えませんでした。でも、わかりません」

太助はうなだれた。

「だいぶ、参考になりました」

京之進が満足そうに口にした。

「太助のひとを見る目はたいしたものだ」

剣一郎は讃えた。

「いえ」

太助は照れたように頭をかいた。

「では、青柳さま。私はこれで」

京之進は太助に礼を言って引き上げた。

すでに五つ半（午後九時）をまわっていた。

「青柳さま。おくにさんが、ほんとうに『大嶋屋』の旦那を殺したのでしょうか」

太助は不安そうにきいた。

「状況からして、自分で殺したか、あるいは下手人が別にいたとしても、おくにが関わっているのは間違いない」

剣一郎は言い切った。

「そうでしょうね」

太助は俯く。

「どうした？　おくにのことが気になるのか」

「はい。自分の思いどおりに生きているようですが、おくにさんには辛《つら》く苦しい過去があったんじゃないかと」

「そんなことまで、おくには話したのか」

「いえ。これはあっしの想像です。おくにさんは太く短く生きようとしているようでした」

「太く短くか」

剣一郎は呟いた。

多恵がやってきた。

「どうしたんですか、ふたりとも深刻そうな顔をして」

「なんでもない」

剣一郎は微笑《ほほえ》んで言う。

「へえ。なんでもありません」

太助も弾《はず》んだ声を出した。

「そう。太助さん、床《とこ》の支度《したく》をしておきましたから」

多恵が当たり前のように言う。

「いえ、そろそろお暇《いとま》します」

太助はあわてた。

「もう遅いですから、今夜は泊まっていきなさい」

多恵は穏やかに言う。

「太助。泊まっていけ」

剣一郎も勧める。

「へい」

太助は明るい声で応じた。

四

翌日、京之進は岡っ引きの案内で、南伝馬町の古着問屋『中丸屋《なかまるや》』を訪れた。

岡っ引きが南伝馬町の自身番に行き、町内で四月《よつき》ほど前に大旦那が亡くなった大店を聞きだし、さらにその大店で事情を聞いたのだ。

京之進は客間に通された。

向かいに、代を継いだ主人の河太郎《かわたろう》が腰を下ろした。

「亡くなった大旦那には妾がいたそうだな」

「はい。おりました」

河太郎は訝しげに答える。

「妾の名は？」

「おくにです」

「おくにと会ったことはあるのか」

「はい。父が亡くなったときにはじめて会いました」

「弔問《ちようもん》に来たのか」

京之進はきく。

「いいえ、父はおくにが住んでいた家で亡くなりました。夜に知らせを聞いて、その家に駆けつけてはじめて顔を合わせたのです」

「大旦那は妾宅《しようたく》で亡くなったのか」

京之進は胸騒ぎがした。

「死因は？」

「医者の見立てでは心ノ臓の発作ということでした」

河太郎はしんみり言う。

「心ノ臓が悪かったのか」

京之進は確かめる。

「いえ、父はどこも悪いところはなかったのです。ですから、心ノ臓の発作と聞いて、俄《にわ》かには信じられませんでした」

「医者は誰だ？」

「深川入船町《ふかがわいりふねちょう》の筒《つつ》井良安《いりょうあん》先生です」

「妾宅は入船町にあったのか」

「そうです」

「で、死因に不審を持ったのか」

「はい。でも、そのまま受け入れました」

「なぜだ？」

「それは……」

河太郎は言いよどんだが、

「じつは父は裸で死んでいたのです」

と、口にした。

「裸？　まさか」

「はい。私が知らせを受けて駆けつけたときには、父は寝間着でふとんに横たわっていました」

河太郎は続けた。

「妾の話では交わっているときに、急に苦しみ出したということでした。妾は急いで着替えて良安先生を呼びに行ったそうです。良安先生が父の死を確認したあと、妾が薬籠持ちの弟子の手を借りて、父に寝間着を着せたそうです」

「駆けつけたときは医者はまだいたのか」

「おりました。妾が本宅からひとが来るまで待ってくれと頼んだそうです」

「それはなぜだ？」

「私に死んだときの様子を説明させたかったのだと思います」

「ほんとうに心ノ臓の発作だと思ったのか」

「良安先生もそう仰いますし、それより早く家に連れて帰りたかったので、店の者に大八車《だいはちぐるま》を曳《ひ》かせてここに連れて帰りました」

「ずいぶん急いだな」

「ここで死んだことになると世間体も悪いでしょうからと、妾も言うので。確かに、妾の家で裸で死んでいたというのは聞こえが悪いので、その夜のうちに連れて帰りました」

「町役人には知らせなかったのか」

「はい。病死ですし、恥ずかしい死に方を隠したかったので」

河太郎は俯いた。

「妾のおくには二十八、九歳の妖艶な美しい女だな」

「そうです。色っぽい女でした。父は年甲斐《としがい》もなく、夢中になってしまったんです」

「亡くなる前、先代に変わった様子はなかったか」

京之進は念のためにきいた。

「特には……。ただ」

河太郎が厳しい顔を向けた。

「父は毎月、妾にかなりの額の金を渡していました。そのことに気づき、注意をしたんです。そして、手当ての額を半分に減らさせました」

「それはいつからだ？　亡くなる何か月前からだ？」

京之進は聞きとがめてきいた。

「確か、ふた月ぐらい前だと思います」

「額を減らされたことで、おくには不平や不満を先代にぶつけたのではないか」

京之進は想像した。

「そうだと思います。父は浮かない顔をしていることが多くなりましたから」

思うほどの金が手に入らないなら、おくには大旦那といっしょにいる意味はないと考えたのではないか。

金のある男にしか興味がないという女だ。

「先代が死んで、おくには素直に入船町の家から出て行ったのか」

「いえ。それなりの手切れ金をくれと」

「おくには手切れ金を要求したのか」

京之進は顔をしかめた。

「はい。仕方ないので百両を渡しました」

「なに、百両？」

「ええ、そうじゃないと、自分と交わっていて死んだことを世間に言いふらすと。半ば脅《おど》しのような……」

「うむ」

京之進は唸ってから、

「知らせを受けて入船町の家に駆けつけたとき、ほとけは寝間着を着ていたそうだが、何か亡骸に不審なことはなかったか。たとえば、どこかに打ったような痣《あざ》があったとか」

と、きいた。

「特には気づきませんでした。湯灌《ゆかん》のときにも痣などはなかったような」

河太郎は答えてから、

「何かあったのでしょうか」

と、不安そうな顔をした。

「じつは、おくにはその後、ある大店の旦那の世話をうけていた。ところが、先日、その旦那が殺され、おくには行方を晦《くら》ました。疑いはおくにに向いている」

「なんと」

河太郎は衝撃を受けたように目を剝《む》いた。

「そのこともあり、ほんとうに病死だったかどうか、確かめたかったのだ」

「……妾の家で裸で死んでいたことに混乱し、世間体のことだけが頭の中を占め、そのことに思い至る余裕はありませんでした。それに、良安先生が心ノ臓の発作だというので」

「うむ。無理もない」

京之進は顔をしかめ、

「もしかしたら、また新しい旦那を見つけているかもしれぬ」

「父は殺されたかもしれないのでしょうか」

河太郎はきいた。

「わからぬ」

京之進は首を横に振り、

「しかし、おくには別れようとしていたところだったかもしれない。金のある男にしか興味がない女だったようだからな」

「父は悪い女に引っ掛かってしまったんですね」

河太郎はうなだれた。

京之進は話を切り上げて、『中丸屋』を辞去した。

永代橋《えいたいばし》を渡り、富岡八幡宮《とみおかはちまんぐう》の前を通って、入船町にやってきた。

医者の筒井良安の家はすぐにわかった。

戸を開けて土間に入る。

「良安先生はいるか」

出てきた助手にきく。

「往診に出ています。そろそろ帰ってくるころだと思いますが」

「そうか。では、四半刻（三十分）ぐらいしてからまたくる」

京之進は外に出て、堀沿いの道を先に進んだ。かなたに材木置き場がある。土手の向こうは海だ。

その見晴らしのいい場所に、『中丸屋』の旦那が借りていた妾宅があった。今は、他人が住んでいる。

その家の前に立ち、おくにのことを想像した。

月々の手当てが半分にされたことは、おくににとって大きな不満だったろう。

そのころには次の獲物として、薪炭問屋『大嶋屋』の主人伊右衛門に目をつけていたのかもしれない。

おくには、『中丸屋』の旦那に別れ話を持ち出し、手切れ金を要求した。旦那は激しく別れを拒んだ。

手切れ金をもらえないならと、おくには殺しを企んだ……。

そんなことを考えながら、良安の家に戻った。

良安は帰っていた。四十半ばぐらいの漢方医だ。小袖の上に十徳《じっとく》を羽織《はお》っている。額《ひたい》が広く、小さくて丸い目をしていた。

「尋ねたいことがある」

京之進は鋭い目を向けてきいた。

「四月前、近くの妾宅で、『中丸屋』の主人が亡くなった」

「そのことですか」

良安は頷き、

「はい。夜の五つ（午後八時）ごろ、旦那が急に苦しみだして倒れたと、おくにという妾が駆け込んできたのです」

良安は淡々と続ける。

「奥の寝間で、五十年配の男が裸で倒れており、すでに死んでいました。情を交わしている最中、急に胸を押さえて苦しみだしたと、おくにさんが言いました」

「死因は？」

「心ノ臓の発作です」

「その判断はどうして？」

「交わっていて急に胸を押さえて苦しみだしたということなので……」

「しかし、おくにが嘘をついていたかもしれぬではないか」

「嘘……」

「亡骸をちゃんと調べたのか」

「いちおうは」

「いちおう？」

「はい、特に不審な点は見当たりませんでした。裸で可哀《かわい》そうだから早く寝間着を着せたいと言うので、弟子に手伝わせて着せました」

「詳細には検めていないのだな」

京之進は問い詰めるようにきく。

「そうです」

「別の理由は考えられないか」

「別の理由？」

「たとえば、胸元に傷はなかったか」

「自分で引っかいたらしい傷はありました。苦しかったのでしょう」

「心ノ臓を千枚通しで突き刺されたのかもしれぬ」

「………」

良安は目を見開いた。

「どうなんだ？」

「なにしろ、交わっている最中に苦しみだしたというので、心ノ臓の発作に間違いないと思ったのです」

「おくにから他に何か言われたのではないか」

京之進は迫った。

「いえ、別に」

良安は微《かす》かにうろたえている。

「今さら、そなたを責めるつもりはない。ただ、事実が知りたいだけだ」

「………」

「おくには、旦那の身内には心ノ臓の発作ということにしてもらいたいと言い、さらにそなたに何か言ったのではないか。謝礼か」

京之進は想像で言う。

良安は渋い顔をした。

「いくらもらった?」

「十両です」

良安は渋々口にしたが、

「だからといって、見立てをねじ曲げたわけではありません」

と、否定した。

「だが、心ノ臓辺りに傷があったのではないか。詳細に調べれば……」

「おくにさんの言葉を信じましたから」

良安の声が弱々しい。

「今さら、亡骸を調べ直すことは出来ぬ。そなたを責めても、もうどうしようもない。だが、これだけは正直に答えてもらいたい」

京之進は迫る。

「なんでしょうか」

良安は恐る恐るきいた。

「千枚通しで胸を突き刺して殺した場合、傷口をなにかでごまかしたとしても、仔細に調べれば医者であるそなたは見逃すはずないな」

「はい。それはわかります」

「毒はどうだ？」

「…………」

良安の顔色が変わった。

「トリカブトなどの毒を飲まされた形跡はなかったか」

「…………」

「どうなんだ？」

「ふとんに吐いたりした痕跡《こんせき》はありませんでした」

「別のふとんと替えたのかもしれない」

「…………」

「毒殺だったとしても、そなたは見抜けなかったな」

「なにしろ、世間体とか、旦那の本宅からやってくる身内を傷つけたくないから
と、おくにさんからせき立てられ……」

「十分に調べていないということだな」

「はい」

「それに十両をもらったことだしな」

京之進は厭味《いやみ》を言う。

「それは……」

言い訳をしようと良安は口を開きかけたが、言葉は発せられなかった。

「毒殺だったと考えることは不自然ではないな」

京之進は念を押した。

「心ノ臓の発作と考えておりますが、仮にそうだったとしてもわからなかったかもしれません」

良安はようやく正直に答えた。

もはや確かめることは出来ないが、京之進は毒殺だったと考えた。

「邪魔をした」

京之進は良安の家をあとにした。

来た道を戻り、富岡八幡宮の前を通り過ぎる。おくにが『中丸屋』の旦那を殺したのは、思ったように金を引き出せなくなったからだろう。

毒薬を持っているとしたら、なぜ、薪炭問屋『大嶋屋』の主人伊右衛門に毒を使わず、喉を掻き切るような凄惨《せいさん》な殺し方をしたのか。

伊右衛門に毒を与えたが、妙な味に気づき吐き出したので、あのような殺し方をしたのか。いや、それも考えづらい。やはり、毒殺ではない。胸元ばかりを気にしていたが、盆《ぼん》の窪《くぼ》を刺された可能性もある。良安はそこまで調べていないのだ。

いずれにしろ、おくには新しい旦那を見つけようとしている、いや、すでに見つけて、どこかに妾宅を構えているのではないか。

やがて、新しい旦那もおくにの毒牙にかかるかもしれない。

一刻も早く、おくにを見つけ出さなければならないが、手掛かりはまったくない。京之進は焦《あせ》りを覚えていた。

五

浜尾藩飯田家の次席家老風見貞之介は小網町《こあみちょう》三丁目にある海産物問屋『江差屋《えさしや》』を訪れ、主人の浪右衛門《なみえもん》と会った。

『江差屋』は本店《ほんだな》が蝦夷地《えぞち》の松前《まつまえ》にあり、鮭《さけ》、こんぶなどの海産物を取り扱っている。松前の本店は回船問屋も兼ねており、また北前船《きたまえぶね》を持っていて、莫大《ばくだい》な利益を上げていた。その出店である江戸の『江差屋』は大名貸しを行なっているのだ。

貞之介は金を借りる目的もあったが、浜尾藩領内にある港を北前船の寄港地としてくれるように提案していた。

「浪右衛門どの。本店のほうの感触はいかがでしょうか」

貞之介はきいた。

「父も乗り気です」

「そうですか。それは……」

貞之介はほっとした。

浜尾藩の産物である織物や果物の梨《なし》なども、北前船に載せることで販路が広がる。

「一度、来春にでもぜひ浜尾藩に来ていただきたい」

「わかりました。そのように段取りをいたしましょう」

「かたじけない。これでほっといたしました」

貞之介は正直に呟いた。

「風見さまは国許のほうにおいでなのですね」

「そうです。国許の次席家老です」

国許の次席家老である貞之介はこれまで江戸にくることはなかった。ところが、ある事情から藩主伊勢守の供で今年の四月に出府したのだ。来年の四月まで江戸に滞在することになった貞之介は、この機会にかねてから構想していたことを実現するために、思い切って『江差屋』を訪ねたのだ。

「それにしても、風見さまの情熱には頭が下がります。最初はお金を借りに来られたのかと思っておりましたが、なんと北前船の寄港地のお話だとは……。毎日足を運ばれ頭を下げられては、いい加減に応じることは出来なくなりました」

浪右衛門は苦笑した。

「恐れ入ります」

貞之介は軽く頭を下げた。

「ご妻女どのと離れ離れでは寂しいことでしょうな。そうだ、一度、吉原《よしわら》にでもご案内いたしましょう」

浪右衛門は笑った。

「いえ。物見遊山《ものみゆさん》で江戸に参っているわけではありませんので」

「これはお堅いことで」

「そうではありませぬが」

貞之介は出府にあたり、大きな役目を負わされていた。

主君である伊勢守は、五十近く矍鑠《かくしゃく》としている。いま二男三女の子どもがいるが、二年前まで男の子は元昌《もとまさ》ひとりだった。ところが、思いがけず国許にいる側室登代《とよ》の方が懐妊し、男の子竹丸《たけまる》が誕生したのだ。

これだけなら問題はない。しかし、伊勢守はとんでもないことを言いだした。

ちょうど一年前、国許の本丸御殿の書院の間にて、伊勢守は筆頭家老の川田利兵衛《かわたりへえ》と次席家老である貞之介に、

「相談がある」

と、切りだしたのだ。

伊勢守から相談があると持ち掛けられたことははじめてなので、貞之介と川田は思わず顔を見合わせた。

「なにごとでしょうか」

川田が声をかけた。

「家督《かとく》のことだ」

伊勢守はためらいがちに言い、

「わしは体力には自信があり、あと二十年、いや少なくとも十五年は藩主として

やっていけるだろう。十五年でも竹丸は十七歳だ。後見がしっかりしていれば、藩主として十分にやっていける」

つまり、次期藩主を竹丸にしたいと言っているのだ。

「しかし、元昌ぎみがいらっしゃるではありませんか。世継ぎは元昌ぎみと……」

川田が口にした。

「わかっている。だが、わしは竹丸のほうが藩主の才があると思っている」

「いけません」

貞之介は強く反対した。二歳の竹丸に藩主の才があるかなどわかるはずない。

「元昌ぎみが家督を継がれるのはすでに定まったことでございます。それを引っくり返すとなれば、元昌ぎみとて納得なさらないでしょう。御家を二分する騒動になりかねません」

「そのことを承知の上で申しておる」

伊勢守は不機嫌そうに言い、

「利兵衛はどうだ?」

と、筆頭家老にきいた。

「風見どのが申すように難しいと言わざるを得ません」

　川田は息継ぎをし、

「竹丸ぎみを世継ぎとすることで藩にとって何か大きな利益がなければ、家中の者も納得いたさぬでありましょう」

　貞之介は思わず川田の顔を見た。

　伊勢守の提案を受け入れているように思えた。

「藩にとっての利益はある」

　伊勢守は自信に満ちた顔で、

「登代は豪商『海原屋《うなばらや》』の娘だ。つまり、竹丸は『海原屋』の主人の孫になる。竹丸が藩主になるとなれば、『海原屋』からの財政援助はますます得られやすくなる。これまでの借金も棒引きになるであろう」

と、笑《え》みを浮かべた。

「確かに、そのことは大きいでしょうが、ここで秩序を乱すことは今後に禍根《かこん》を残すことになりかねません」

　川田が反論する。

「そのことはそなたたちが智恵を出して……」

「お待ちください」

貞之介は口をはさんだ。

「元昌ぎみは御正室の御子であります。正統さからして元昌ぎみが家督を継がれることは万人が認めることではありますまいか。殿は、竹丸ぎみを藩主にする利益はあると仰いましたが、それは正統を曲げる理由にはならないと存じます」

「最近の元昌はわしのやり方を批判しているそうだ。自分ならこうするという発言が多いと聞く」

伊勢守が切り出した。

「まさか、そのようなことは……」

貞之介は疑問を差し挟んだ。

「いや、すでに藩主気取りのようだ。その傲岸《ごうがん》さは見過ごしに出来ぬ。元昌は藩主としての資質に欠ける」

「なぜでございますか。元昌ぎみとて実の御子ではありませんか」

貞之介は訴える。

「わしの気持ちは固まっているが、この件はまだ公にするつもりはない。そなたたちも胸に畳んでおいてもらう。だが、そなたたちには家中が割れないように今から考えておいてもらいたい」

伊勢守は一方的に言って部屋を出て行った。

川田とふたりきりになって、貞之介はきいた。

「川田さまは殿のお気持ちをご存じだったのですか」

「いや、こうなることを恐れていた」

川田は厳しい顔で、

「殿は若い登代さまにのめり込んでおられる。登代さまの言いなりだ。骨抜きになっていると言っていい」

と、口元を歪《ゆが》めた。

「ひょっとして、竹丸ぎみのことは登代さまの強い望み……」

「それもあろう。だが、殿は竹丸ぎみが可愛くてならぬのだ。お気に入りの愛妾の子であるだけでなく、歳をとって出来た子には人一倍の愛情が向かうのであろう」

川田は言い切った。

「竹丸ぎみを後継にするとなったら、それこそ家中を二分する大騒動になりかねません」

貞之介は懸念を口にする。

「殿は十分に承知だ。その上で、我らに話されたのだ」

「竹丸ぎみを世継ぎとすることの根回しをせよということですか」

「そうだ」

「そのようなことは出来ません」

貞之介は首を横に振り、

「殿に翻意《ほんい》を促《うなが》します。これは国の存亡にも関わることです。公私混同も甚《はなは》だしいと言わざるを得ません」

貞之介は伊勢守を批判した。

「無理だ」

川田は溜め息をついた。

「殿は一度決めたことは何があっても覆《くつがえ》さない。ことに今回のことでは……」

川田の絶望的な声が貞之介の耳にいつまでも残った。

それから年が改まり、今年の四月、伊勢守は参勤交代で江戸に出府することになった。

貞之介はその供に命じられた。

いつもであれば、他の家老職にある者が伊勢守とともに出府し、一年間江戸の上屋敷で過ごすのだが、今回は貞之介が同道することになった。

伊勢守は貞之介にこう命じた。

「江戸に滞在する間、元昌の非道が明らかになれば、わしは元昌を世継ぎから外す。そなたはどんな事態になろうとも、家中が乱れることがなきように力を注《そそ》ぐのだ」

貞之介は竹丸を後継にするにあたり、家中が割れることがないように根回しをする役目を負わされたのだ。

「なぜ、私がその役目なのでしょうか」

筆頭家老の川田に貞之介はきいた。

「我が家中で、そなたがもっとも人望がある。全体をまとめるにはそなたが一番だ」

川田は答える。

貞之介は領内に独特の柄の織物があることに目をつけ、浜尾織と銘打《めいう》って大坂や江戸で売り出した。さらに、薬用人参《にんじん》や梨などの栽培を推奨し、それも当たった。財政がいくぶん潤い、家中での貞之介の評価も上がり、領民も貞之介に手を合わせていた。

「ようするに、私が竹丸ぎみを後継にするために、元昌ぎみをおとなしく引き下がらせるということですか」

「そういうことだ。何としても御家騒動に発展させてはならない」

川田は厳しい顔で言った。

こうして、この五月初めに江戸に到着した。そして、中屋敷に赴《おもむ》き、藩主の飯田伊勢守元信《もとのぶ》の世嗣《せいし》である元昌に挨拶した。元昌は二十五歳で、切れ長の目に引き締まった口元。爽《さわ》やかだが、力強さを感じる。

「風見貞之介、久しぶりだ」

元昌は若々しい声で言う。

「はっ、元昌ぎみもお元気そうで」

貞之介は低頭する。

「そなたのことは聞いている。たのもしいことだ」

「恐れ入ります」

「私はまだ国許を知らない。いずれ、そこで暮らすようになるのだ。今のうちに、そなたから国許のことを聞いておこう」

元昌は機嫌よく話した。

貞之介は胸が痛んだ。

それから五か月の間、貞之介は元昌と何度か会った。

だが、前々回、元昌がついにあのことを切り出したのだ。

「父上は私を避けているようだ。なぜか」

「さあ、そのようなことはないと思いますが」

貞之介はとぼけた。

「いや、何度もお目にかかりたいと使いを出したが、そのうちにと仰るばかりだ」

元昌は強張《こわば》った顔で、

「父上は私のことで何か怒っておられるようだ。何のことでお怒りなのかきいてもらいたい」

と、訴えたのだ。

「わかりました。確かめてみます」

そう答えた。

貞之介は上屋敷に戻り、伊勢守に元昌の言葉を伝えた。

伊勢守の返事はつれないものだった。

「己の胸にきけと伝えよ」

それだけだった。

「殿」

貞之介は膝《ひざ》を進め、

「どうか、元昌ぎみにお会いになってください」

と、訴えた。

「いや、まだだ」

「では、いつになったら？」

「そのうちに元昌を糾弾《きゅうだん》することになろう。その弁明の際に会う」

「糾弾とは？」

「誰がその報告を？」

「元昌の所業についてだ」

「そなたが知らずともよい。ただ、そなたはどんな事態になろうとも、家中が割れないようにするのだ」

「殿」

「もうよい、下がれ」

伊勢守は突き放すように言った。

そして、先日の十月三日、強風が吹き荒れる日だった。元昌からの呼出しを受けて、浜町の中屋敷に出むいた。

元昌の顔つきが前回と違っていることに気づいた。

「貞之介、父上は何と仰っていたか」

元昌はきいた。

貞之介は正直に伊勢守の言葉を伝えた。

「己の胸にきけだと」

元昌は頬《ほお》を痙攣《けいれん》させた。

「やはり、父上は私のことを排除しようとしているのだ」

「元昌ぎみ、これには何か誤解があるのかもしれません」

「何の誤解だ？　己の胸にきけとはどういうことだ？」

元昌はいらだった。

「察するに、元昌ぎみのなさっていることを誤解して……」

「貞之介」

元昌が貞之介の言葉を制した。

「側室の子は、なんと言ったか」

「竹丸ぎみです」

「父上は私を廃《はい》して竹丸を後継にするという噂がある。それは事実か」

元昌の目が血走っていた。

「誰からそのようなことを？」

貞之介は動揺を隠してきいた。

「風の神だ」

「風の神？」

「風の神が病を運んできた」

元昌は口元を歪めた。

「風の噂ですか」

「噂ではない。風の神の言うことだ。間違いはあるまい」

元昌は貞之介を睨《にら》み付ける。

まさか、密告の背後に筆頭家老の川田利兵衛がいるのでは、と貞之介は勘繰《かんぐ》った。

「病とは貞之介だ」

「なんと」

「そなたは私を世継ぎから辞退させるためにやってきたのであろう。そんなことはとうに見抜いておる」

「元昌ぎみ。お聞きを」

貞之介は低頭し、

「確かに、伊勢守さまは竹丸ぎみを後継にしたいとお考えのようです。しかし、元昌ぎみを差し置いてそのような真似《まね》は、家中の者の賛同を得られません」

と訴えて、顔を上げた。

「私はこの事態の穏便な解決を図《はか》るために……」

「なんとでも言えよう」

元昌は吐き捨てた。

「もうよい。帰れ」

元昌は立ち上がって、貞之介を見下ろして言う。

「元昌ぎみ。短気はなりませぬ。ご辛抱《しんぼう》を」

「父上の手先が何を言うか」

そう言い残し、元昌は部屋を出て行った。

その帰り、貞之介は饅頭笠の侍たちに襲われた。

南町奉行所与力青柳剣一郎に助けられたが、貞之介はあえて賊の正体を暴こうとしなかった。元昌派の者であろうことは明白だったからだ。元昌は貞之介のことを、自分を説得しにきた疫病神《やくびょうがみ》と思っているに違いない。

だが、貞之介を襲うことは、自らの首を絞めるようなものだ。すぐ、元昌の仕業とわかり、そのことで元昌は糾弾されてしまうだろう。


「風見さま」

浪右衛門の声で、貞之介ははっと我に返った。

「どうかなさいましたか」

「いや、つい考え事をしていた」

貞之介はあわてて言う。

「風見さまに一献《いっこん》差し上げたいのですが、いかがでしょうか」

「それはかたじけない。喜んで」

「それでは二、三日のうちに」

浪右衛門は笑みを浮かべていた。

そのとき、貞之介の脳裏《のうり》に青柳剣一郎の顔が過《よぎ》った。

あのとき、何か不審をもたれたはずだ。あのまま忘れてくれるといいが、奉行所の者だとしたら、何があったか調べようとしても不思議ではない。あるいは、浜尾藩の家老を助けたことを誰かに話しているかもしれない。そこから、御家の秘密を嗅《か》ぎつけられるようなことがあれば……。そのことが、今になって気になった。

あのあと、助けてもらった礼をするため、使者を奉行所に遣《つか》わすようなことはしていない。礼にかこつけて、青柳剣一郎に会ってみようと、貞之介は思った。

第二章　世継ぎ

一

枯れ葉が風に舞って楓川《かえでがわ》に落ちて行くのを見て、剣一郎は季節の移ろいを感じた。周囲の風景も冬めいてきた。

剣一郎は継上下《つぎがみしも》に仙台袴《せんだいばかま》という出《い》で立ちで、草履《ぞうり》取りや槍持《やりも》ちなどの供を従え、八丁堀の屋敷を出て楓川沿いを京橋《きょうばし》川のほうに向かった。

数寄屋橋《すきやばし》御門内にある南町奉行所に行くいつもの道筋である。京橋川に差しかかる手前に、若い侍が立っているのが目に入った。

若い侍は剣一郎の一行が近づくと、腰を折り、頭を下げた。

剣一郎はどこぞで見かけたことがあると思ったが、すぐあっと気がついた。

先日、浜尾藩飯田家の次席家老風見貞之介が賊《ぞく》に襲われた。その風見貞之介の供をしていた侍のひとりだ。

剣一郎はその侍の前で立ち止まった。

若い侍は改めて頭を下げ、近寄ってきた。

「先日、助けていただいた浜尾藩飯田家の次席家老風見貞之介の使いで、不躾《ぶしつけ》ながら出仕の途上でお声掛けをさせていただきました」

若い侍は丁寧《ていねい》に挨拶《あいさつ》をした。

「風見貞之介が先日の礼を申し上げたく、ぜひお目にかかりたいと申しております。日時、場所は青柳さまにお任せするとのことでございます」

「わざわざ痛み入ります。承知 仕《つかまつ》りました」

剣一郎は先日の襲撃が気になっていたので、風見貞之介と会えることは好都合だった。

「私のほうはいつでも構いませんが、明日ではいかがかと。たとえば、明日の朝四つ（午前十時）では？」

「わかりました。そう伝えます」

「場所は指定してくだされば、そこにお伺いいたします」

「承知いたしました。お返事は夜に八丁堀のお屋敷にお届けいたします」

若い侍は引き上げた。

剣一郎の一行は再び奉行所に向かって足を進めた。

奉行所に着き、脇門を入ったとき、同心《どうしん》詰所から京之進が出てきた。

「青柳さま」

京之進は声をかけ、

「岡っ引きを浜松と三島に調べにやろうと思います。おくにが太助にほんとうのことを話しているかどうかわかりませんが、念のために」

「そうだな。おくには金のために囲われ者になっている。殺しの動機も金だ。おくにがやってきたことを見れば、これからどういう動きをするかわかるかもしれぬ」

剣一郎は頷《うなず》き、

「しかし、岡っ引きがいなければそなたもやりにくかろう。よし、作田新兵衛《さくたしんべえ》に頼もう」

「作田さまに？」

作田新兵衛は隠密廻《おんみつまわ》り同心だ。

隠密廻りは熟練の同心がなる。同心の中で有能な者が定町《じょうまち》廻りから臨時廻りに、そして隠密廻りになるのだ。

隠密廻りは密《ひそ》かに聞き込みや探索をするため、いろいろな人物に姿を変える。ときには物貰《ものもら》いや托鉢僧《たくはつそう》、門付け芸人などに変装する。その変装に新兵衛は長《た》けていた。

おくにのことを調べるには新兵衛に頼るしかないと、剣一郎は思った。

京之進と別れ、剣一郎は母屋に向かった。

与力《よりき》部屋に落ち着くと、剣一郎は都合をきいてから宇野清左衛門に会いに行った。

「宇野さま」

年番方《ねんばんかた》与力の部屋に行き、清左衛門に声をかけた。

清左衛門は文机《ふづくえ》の上を片づけ、振り向いた。

「申し訳ありません。お忙しいところをお邪魔して」

「いや、ちょうどよかった。わしも青柳どのに話すことがあったのだ」

清左衛門は立ち上がり、隣の部屋に移った。

差し向かいになってから、

「まず、青柳どのの用件を聞こう」

と、清左衛門は促《うなが》した。

「京之進が探索を続けているおくにの件で」

剣一郎はおくにと太助の関わりを話し、

「おくには思うように金を引き出せなくなったので、旦那を殺したと思われます。おくにから江戸に来る前は浜松と三島にいたと、太助が聞いたのです。おくにがいい加減なことを言ったとも考えられますが、もしほんとうだったら、おくにの過去をたどることで今後の動きが読めるかもしれません」

「うむ」

清左衛門は頷く。

「しかし、おくにのことを調べるにしても、浜松と三島でもおくにと名乗っていたか、ほんとうに料理屋で働いていたのか、わからないことだらけです。これを調べ上げるには、鋭い勘の持ち主であり、探索に長けた者でなければ難しいでしょう」

剣一郎は間を置き、

「作田新兵衛に頼もうと思うのですが」

「確かに、新兵衛のような熟練の者でないと難しいかもしれぬな。いいだろう。今、新兵衛は手が空《あ》いている」

清左衛門はすぐ手を叩《たた》いた。

「お呼びで」

襖《ふすま》の外から見習い与力が声をかけた。

「作田新兵衛をこれへ」

清左衛門が命じる。

「はっ」

見習い与力が下がった。

「それにしても、おくには希代《きたい》の毒婦であるな」

清左衛門が口元を歪《ゆが》めた。

「京之進の調べによれば、おくにに間夫《まぶ》はいなかったとか。自分ひとりで世間を泳いでいるようです」

「いったい、どんな生まれで、どんな育ちをしてきたのか」

清左衛門は厳しい顔で呟《つぶや》く。

「作田さまです」

見習い与力の声がした。

「入るように」

清左衛門は声をかける。

襖が開いて、作田新兵衛は、

「失礼します」

と部屋に入り、清左衛門と剣一郎に交互に頭を下げた。

新兵衛は四十半ばを過ぎているが、身のこなしなど機敏で柔らかく若々しい。

「新兵衛、ごくろう。また手を借りたい」

清左衛門は言い、

「浜松と三島に行き、おくにという女について調べてきてもらいたいのだ」

と、口にした。

「先日、神田佐久間町にある薪炭《しんたん》問屋の主人の伊右衛門が元鳥越町の妾宅《しょうたく》で喉《のど》を掻《か》き切られて殺された。下手人《げしゅにん》はおそらく妾《めかけ》のおくに」

剣一郎は事件の詳細を話し、前の旦那も不審な死を遂げていると説明した。

「今、行方がわからない。このおくにが江戸に来る前に浜松と三島にいたようだ。ほんとうにそこにいたのか。いたとしたら、そこで何をしたのか」

剣一郎は間を置き、

「浜松と三島でも、豪商の妾となり、世間で目立たないように暮らしていたかもしれぬ。名前も違うだろう。捜すのは難しいと思うが、なんとかやってもらいたい」

「わかりました。妾を囲っていた男が不審な死を遂げたことや、妖艶《ようえん》な美しい女という大きな特徴がありますゆえ、必ず捜し出せましょう」

新兵衛は応じ、

「今日中に出立いたします」

と、意気込んだ。

「いや、しばらく家を留守にすることになる。今夜はゆるりとし、明日発《た》てばよい」

清左衛門が口にしたが、

「ありがとうございます。しかし、これが私の役目ですから」

新兵衛は当たり前のように言った。

「新兵衛、頼んだ。浜松と三島での行ない、そして江戸でやったことから、おくにの次の動きを推し量ることが出来よう」

剣一郎は新兵衛に期待した。

「では」

新兵衛は引き上げた。

「新兵衛はよくやってくれる。頭の下がる思いだ」

清左衛門はしみじみ言う。

「宇野さま。私に話があるとのことですが」

剣一郎は居住まいを正してきいた。

「先般、青柳どのが気にしていた浜尾藩飯田家の次席家老風見貞之介どののことだ」

「…………」

「じつは、長谷川どのが御留守居役《おるすいやく》にきいてくれたそうだ」

「長谷川さまが?」

「うむ。どんな風の吹き回しか。いや、青柳どのにいつも助けてもらっているので、その礼の意味もあるのだろう」

清左衛門は苦笑したが、すぐ真顔になり、

「風見貞之介どのは三十七歳。もともとは飯田家の下級藩士の悴《せがれ》だったそうだ。幼きころから文武両道に優れ、学問所や剣術道場でも常に一番。家柄がよければ出世間違いなしだったが、飯田家では貞之介どのの才覚は宝の持ち腐れ。ところが、そんな貞之介どのに好機が到来した。次席家老風見重吾《じゆうご》どのが貞之介を気に入り、娘婿《むこ》にしたのだ。二十六歳のときだそうだ」

清左衛門は続ける。

「五年後、風見重吾どのは病気で家督《かとく》を貞之介どのに譲った。そこから能力を発揮、領内の産業の育成などに成功し、藩主の伊勢守さまの信任は篤く、家中の者からも人望を集めているそうだ」

「それほどのお方でしたか」

なぜ、同じ家中の者から襲撃を受けたのか、剣一郎は気になった。

「普段は国許にいるが、今回の伊勢守さまの出府《しゆつぷ》に同道し、一年間江戸で過ごすことになったそうだ」

「なぜ、今回は江戸に？」

剣一郎はきいた。

「それはわからない」

何か重要な役目があったのか。それが、襲撃と関係しているのだろうか。

「どうかな、参考になったかな」

清左衛門はきいた。

「大いになりました。長谷川さまによく御礼をお伝えください」

「わかった」

「じつは、明日、風見さまとお会いすることになっているのです」

「貞之介どのと？」

「はい。先日、助勢した礼を直《じか》に言いたいとのことです」

「そうか」

清左衛門は首を傾《かし》げ、

「なぜ、今になってなのだ」

と、呟いた。

「おそらく」

剣一郎は言葉を選び、

「私がどの程度、襲撃事件に関心を示しているかを知りたいのではないかと」

と、口にした。

「やはり、触れられたくない何かが藩の中で起こっているな」

清左衛門は想像したが、

「奉行所が立ち入る問題ではないが」

と、眉根《まゆね》を寄せた。


その夜、八丁堀の屋敷に朝方の若い武士が訪ねてきた。

剣一郎は玄関で、その者から風見貞之介の返事を聞いた。

「明朝四つ、本郷三丁目にある善行寺《ぜんこうじ》にてお待ちしているとのことでございます」

「承知しました」

「では、明日、善行寺境内《けいだい》で私がお待ちしております」

若い武士は引き上げた。

剣一郎は居間に戻った。

「青柳さま、もうよろしいのですか」

太助がきいた。

「明日の約束の件だ。使いの者はもう帰った」

剣一郎は元の場所に座り、

「で、続きだが」

と、太助に催促をした。

「はい。今日、本所横網町《ほんじよよこあみちよう》にある商家から猫探しを頼まれて動き回っていたんですが、一つ目弁天《ひとつめべんてん》の前を通り掛かったら、境内から出てきた女があっしの顔を見て少し微笑《ほほえ》んだんです」

「微笑んだ？　知り合いか」

「いえ、はじめて見る顔でした」

「美人か」

「はい。地味な着物でしたが、とても美しい女でした」

「微笑んだように見えたのは気のせいか」

「いえ、そうではありませんでした。あとで気づいたんですが、おくにさんに似ていたように思えました」

「おくにだと？」

「ええ……、雰囲気が違っていましたからすぐには気づかなかったんですが、あとからしみじみ考えると、境内から出てきた女のひとがおくにさんに思えるんです」

「おくにのことを気にしているからそう見えたのだろうか」

剣一郎はいったんそう考えたが、

「きっと、その女におくにの面影があったのであろう」

「似ていただけかもしれません」

「いや、微笑んだことに間違いなければ、やはりおくにだったか」

剣一郎はそう考えた。

「太助、念のために、その女を捜してみてくれ」

「やはりおくにさんだったのでしょうか」

「おくにはそなたに江戸に来る前の話をしていた。それだけ、そなたを気に入っていたと思える」

「おくにさんは金がある男しか興味がないといってました」

「もしかしたら、弟のように思えたのかもしれない。太助はひとから好かれる何かを持っているのだ。おくにもそなたに親しみを感じていたように思える。だから、偶然に太助の顔を見て、思わず口元が綻《ほころ》んだのかもしれない」

剣一郎は言ってから、

「微笑んだだけでは根拠が弱いので、まだ京之進に告げられぬな」

「わかりました。あの辺りを歩き回ってみます」

太助は真剣な眼差《まなざ》しで言った。

二

翌朝、風は冷たいが、空は青く澄み渡っていた。

剣一郎は編笠《あみがさ》に着流しの格好で、本郷三丁目の善行寺の山門をくぐった。

こぢんまりとした境内に例の若い侍が待っていた。

剣一郎が編笠をとると、若い侍はすぐに近づいてきて、

「こちらでございます」

と、案内に立った。

本堂の脇の丘を登っていくと、小さな庵《いおり》があった。

土間に入り、剣一郎は腰から刀を外して部屋に上がった。

「どうぞ」

若い侍は廊下に出て、隣の部屋に向かった。

そこに、風見貞之介が待っていた。

「ここまでお運びいただき、ありがとうございます」

貞之介は頭を下げ、

「助けていただきながら、御礼もせずにいたずらに時が経《た》ち、心苦しく思っておりました。ようやく、御礼をする機会をいただき、感謝申し上げます」

「いえ、かえってよけいな真似《まね》をしたのではないかと気に病んでおりました。風見さまは文武両道に優れたお方とお聞きしております」

「いえ。私などは田舎《いなか》剣法」

　貞之介は謙遜し、

「改めて御礼を申し上げます」

　と、深々と頭を下げた。

「痛み入ります」

「青柳どのもお気づきのことと思いますが、襲った連中は我が家中の者です」

　貞之介から言いだしたので、剣一郎は注意深く耳を傾けた。

「家中の者が家老職にある者を襲うなど異常なことと思われたでしょうが、じつは極めて私的なことでして」

　貞之介は間を置き、

「ある家臣が心を寄せている娘から縁組を断られました。私がその娘に家臣の欠点をあげつらったせいだと誤解してしまったようで」

と、苦笑した。

「なぜ、そういう噂《うわさ》が立ったのかわかりませんが、ともかく私がその者の恋の邪魔立てをしたと思い込んでいます」

「それで仲間を集めて恨みを晴らそうと？」

「はい。愚かな連中です」

貞之介は口元を歪めた。

「しかし、それだけで襲撃するとはいささか常軌《じょうき》を逸《いっ》しているように思えますが」

「それほどその娘に執着していたのでしょうが、それだけでなく、その娘の父親はある程度の役職にあり、婿になれば、その者もいっきに身分が変わります」

「なるほど、そういうわけでしたか」

剣一郎はその説明に納得したわけではなかった。

そのことを察したのか、さらに貞之介は続けた。

「じつは、かくいう私も次席家老だった義父に請われ、婿に入った身なのです。それによって今の地位を得た。そういう男が自分の出世の邪魔をしたと、よけいに恨みが倍加したのでしょう」

貞之介は眉根を寄せた。

「それはそうと」

剣一郎はなおもこの話題にこだわった。

「あの日は朝からかなりの強風でございましたが、あえてお出かけになったのはよほどの大事な用がおありでしたか」

「私はふだんは国許におりますので、江戸の中屋敷にいる若君にお目にかかることがありません。それで、何度も中屋敷に赴《おもむ》き、若君に国許の話をお聞かせいたしております。あの日も、若君との前々からの約束でしたので」

「若君とはお世継ぎでございますね」

剣一郎は確かめる。

「……さようです」

剣一郎はおやっと思った。貞之介の答えに一瞬の間があったような気がした。

「藩主の伊勢守さまには他にお子さまは？」

剣一郎はきいた。

「どういうわけか、姫君ばかりにございます」

「そうですか。男子はおひとりですか」

「青柳どののところはいかがですかな。お子さまは？」

貞之介は強引に話題を移した。

「倅と娘がひとりずつ。倅は嫁をもらい、娘は嫁いでおります」

剣一郎は素直に答える。

「それはそれは」

「風見さまのところは？」

「私のところは男の子がふたり。十歳と八歳です」

「さようですか」

貞之介は何かを隠そうとしている。襲撃された弁明をきいたが、素直に納得出来ない。なぜ、最前、貞之介は強引に話題を変えたのか。

伊勢守さまに男子はおひとりですかと尋ねたことに対しての反応なのか。そのことに触れられないわけがあるとしたら……。

「青柳どのの日頃のご活躍、感服しております」

貞之介は口にした。

「恐れ入ります」

剣一郎は軽く頭を下げてから、

「この寺は浜尾藩と何か関わりが？」

と、きいた。菩提寺《ぼだいじ》か何かなのか。

「いえ。知り合いの商人から紹介されました。じつは、このあと本堂で回向《えこう》をしていただくことになっています」

「回向？」

聞きとがめて、剣一郎はきいた。

「どなたの？」

「昔、好いた女子《おなご》です」

少し迷ったふうだが、貞之介は思い切ったように口にした。

「病死ですか」

「焼死です。十二年になります。十三回忌《き》ですが、今年は私が江戸に出ておりますので、このお寺で」

貞之介はしんみり言い、

「もっとも、妻には内証ですが」

と、はかない笑《え》みを浮かべた。

「そうですか。昔の思い人のために」

剣一郎は、十年以上も忘れずにいることに貞之介の人柄を見た。

おそらく、襲撃の件の理由は嘘《うそ》に違いない。ほんとうはもっと深刻な問題があるのではないか。だから、貞之介が江戸に出てきたのだ。

「じつは風見さまにお目にかかるのに、あえて与力の姿ではなく、このような格好で参りましたのは、奉行所の者としてではなく、ただの青柳剣一郎としてお話しできればと考えた次第」

剣一郎は打ち明けた。

「風見さま。もし、私でお役に立てることがあればなんなりとお申し出ください」

剣一郎はさりげなく言った。

「ありがたいお言葉。その節にはお世話になりましょう」

軽い口調で言ったが、貞之介の目は鈍く光っていた。

青柳剣一郎が引き上げたあと、貞之介はひとり部屋に残り、剣一郎とのやりとりを反芻《はんすう》していた。

やはり、聞きしに勝る男だと、貞之介は感嘆した。

襲撃事件について説明したが、やはり信じていないようだ。あの男にはごまかしは通用しないと思った。

若君とはお世継ぎでございますね、と剣一郎はきいた。あのときの返答までの一瞬の間が、剣一郎に疑惑を持たせたようだった。さらに、藩主の伊勢守さまに男子はひとりかときかれたとき、貞之介はとっさに話題を変えてしまった。

あのとき、そうだと答えればよかったのか。いや、側室に男の子がいることは秘密ではないから、いつしか知られることになる。そうなれば、その子が関わる世継ぎ問題だと、剣一郎は気づくだろう。

いや、剣一郎は最初から大きな御家騒動の種を抱えていると疑っていたようだ。だから、与力の格好ではなく、羽二重《はぶたえ》の着流しで現われたのだ。南町の与力という肩書でなく、ひとりの男として。

その配慮に、貞之介は心を打たれた。

江戸にはこれほどの人物がいるのだと驚いたが、それは心地のよい刺激だった。

「ご家老」

襖の外で、若い侍の声がした。

「そろそろ、本堂にと」

「わかった」

貞之介はゆっくり立ち上がった。


本堂に行き、本尊の阿弥陀如来《あみだにょらい》に向かって正座をした。

本尊を見つめるうちに、阿弥陀如来の顔が美保《みほ》に見えてきた。

貞之介も美保も、同じ徒士衆《かちしゅう》の子であり、ふたりの父親は友人同士だった。

美保は美しい娘で、その美貌《びぼう》は領内に広く知れ渡っていた。貞之介も凛々《りり》しい若者であり、幼い頃は兄のように慕われていた。ふたりはいつしか好き合い、末を誓ったのだ。

貞之介が二十五歳になったとき、次席家老風見重吾の屋敷に呼ばれた。ちょうどその頃、藩の財政改革についての考えを家臣から募っていた。その中から、貞之介の提言が次席家老の目に留まったのだ。

貞之介は藩校での成績がずば抜けていて、藩の重臣たちからも注目を浴びていた。

数日にわたって、次席家老の屋敷を訪れ、風見重吾に提言について詳しく説明をした。

貞之介の提言は薬用人参《にんじん》などの栽培や、独特の柄の織物を産物として売りに出すというものだ。今は実現させている。

その数日間、貞之介に茶を出したりして世話をしてくれたのが、風見重吾の娘の琴乃《ことの》だった。

提言の説明が終わり、次席家老の屋敷に通わなくなった数日後、風見家の御用人が貧しい貞之介の家を訪れた。御用人は家老と家臣との間に立って諸々の伝達を行なう。

「風見さまがそなたに惚《ほ》れ込み、ぜひに琴乃さまの婿にと……」

御用人が切り出したが、途中で、

「すみません。どういうことでしょうか」

と、貞之介は口をはさんだ。相手の言葉が理解出来なかった。

「風見家に養子に入るという話だ」

御用人は改めて言った。

「養子?」

貞之介は耳を疑った。

「そうだ。琴乃さまの婿に」

「お待ちください」

寝耳に水の話にあわてて、

「どういうことでしょうか」

と、貞之介はきいた。

「風見さまはそなたの提言にいたく感銘を受けたそうだ。その提言を実際に行なって欲しいと願っている。ただし、今の身分では藩に受け入れられない。婿養子になれば、思う存分力を発揮出来る。それが、藩のためでもあると」

「提言を受け入れてくれたことはありがたいことですが、婿になるのは無理です。私には妻にすると決めた女子がおります」

貞之介は訴えた。

「貞之介、風見さまの婿養子になれば、そなたは将来、家老職に就《つ》けるのだ」

御用人は諭《さと》すように言った。

「私はそういうことで出世をしたいとは思いません。分相応の生き方をしたいと考えております」

貞之介には美保以外の女は考えられなかった。

「どうぞ、ご家老によしなにお伝えくださいい。その他のことでしたら、お役に立てるよう命を賭《と》して励みます」

「わかった。そう伝えておこう」

御用人は渋い顔で言った。

それから数日後、婿養子の話が美保の耳に入った。

「貞之介さま。ご家老さまの話ってほんとうなのですか」

美保は青ざめた顔できいた。

「ほんとうだ。でも、はっきりお断りした。もう済んだことだ」

貞之介は安心させるように言った。

「なぜ、お断りになったのですか」

美保がきいた。

「なぜ？　どうしてそんなことをきくのだ？」

貞之介は憤然ときく。

「だって、婿になれば将来は飯田家の家老に」

「美保」

貞之介はたしなめるように、

「俺は実力で出世していく。家老になっても、婿に入ったからだと言われるのはまっぴら御免だ」

と強く言い、さらに続けた。

「それより、俺には美保がいるのだ。我が妻は美保以外に考えられぬ」

「ほんとうに？」

美保は泣き笑いをした。

「ほんとうだ」

「うれしいわ」

美保は安心したように顔を綻ばせた。

「ずっと心配で眠れない日が続いて……」

「そうか。気づかずすまなかった。すぐにお断りしたから、終わったものだとばかり思っていたからね」

貞之介は美保が愛おしくなり、

「これも俺が父の役目を継いでからと悠長《ゆうちょう》なことを言っていたからいけないのだ。美保、早く祝言《しゅうげん》を挙げよう」

と、意気込んだ。

「祝言を?」

「そうだ。そうしたら、俺のところだけでなく、美保のところにも求婚してくる者がいなくなり、俺も安心だ」

藩内に、美保を嫁にしたいという男もかなりいる。美保の父親にも役職などの甘い餌《えさ》をぶらさげて迫っているようだ。

しかし、美保もすべて断っている。


そしてひと月後の十月はじめ、次席家老風見重吾に伴われて、貞之介は国許から江戸の上屋敷に出向いていた。江戸家老をはじめとして、上屋敷の重臣に提言の内容を説明するためだった。

婿入りの話を断ったが、そのことは何一つ口に出さず、家老は貞之介を引き立ててくれた。

上屋敷にて提言の内容を説明するのは一日あれば十分だった。そして、その役目を果たし終えた夜、国許より早飛脚が家老の風見重吾のもとに来た。

家老は貞之介を呼んだ。文《ふみ》を持ったまま、

「貞之介、心して聞け」

と、厳しい顔で言った。

貞之介は胸騒ぎがした。父か母に何かあったのではないか。

生唾《なまつば》を呑《の》み込んで家老の顔を見た。

「十月九日の夜、村瀬富太郎《むらせとみたろう》の屋敷から出火し、全焼した。その火事で、富太郎の娘美保が焼死したそうだ」

「………」

貞之介は事態が呑み込めなかった。

家老は文を寄越した。

貞之介は文に目を落とすと、美保という文字のあとに焼死と書かれていた。

「嘘だ」

貞之介は叫んだ。その声は辺りに轟《とどろ》いた。

「貞之介、うろたえるでない。気をしっかりと保《も》つのだ」

家老は叱咤《しった》した。

「はい」

貞之介は混乱していた。

「貞之介、明日一足先に帰るがいい。よいか、武士たるもの。見苦しい姿を見せるなよ」

「はっ」

胸の底から突き上げてくるものを抑え、貞之介は帰国の支度《したく》をした。

そして、十日後、貞之介は帰国した。

美保が死んですでに半月近く経っていた。

美保の父親と母親は別の屋敷に移っていた。ふたりは、貞之介を沈痛な顔で迎え、頭を下げた。

「こんなことになってすまない」

父親は頭を上げ、出火時の説明をした。

火が出たのは真夜中で、美保はぐっすり眠っていた。ふた親や弟は気づいて逃げたが、美保だけが逃げられなかった。

「火元は美保の部屋の床下だそうだ」

父親が口にする。

「まさか、付け火……」

「町奉行所はそう見ている。だが、未だ付け火の犯人はわからない」

貞之介の脳裏《のうり》に何人かの男の顔が浮かんだ。美保に言い寄っていた者たちだ。貞之介と美保は江戸から帰ったら祝言を挙げることになっていた。それを快く思わない誰かが美保を殺したのだと考えた。

翌日は冬晴れだが、風の強い日だった。貞之介は村瀬家の菩提寺の墓地に行った。

墓石の前に立ち、手を合わせた。

「美保」

貞之介は美保の名を呼ぶと、その場にくずおれ、慟哭《どうこく》した。涙がとめどもなく流れた。

それからの貞之介は生きる屍《しかばね》同然だった。そんな貞之介を立ち直らせてくれたのは、次席家老風見重吾の娘の琴乃だった。

いつまでもこんな状態だと、美保が草葉の陰で嘆いているに違いない。美保のためにもしっかりするのだと思えるようになったのも、琴乃のおかげだった。

美保の死から一年後、貞之介は琴乃の婿として風見家に入ったのだ。

木魚を叩く音で、貞之介ははっと我に返った。

すでに三人の僧侶が読経《どきょう》をしていた。

貞之介は美保の祥月命日には必ずお経を上げてもらっている。今年は十三回忌の法要に参加できなかったが、こうして江戸の寺で美保を偲《しの》ぶことが出来た。

美保はまだ十七歳だった。さぞかし、無念であったろう。貞之介との祝言を目前にしての不幸だ。

それにしても、口惜しいのは付け火の犯人がわからず仕舞いだったことだ。三人の男を怪しいと睨《にら》んでいたが、証《あかし》があるわけではなく、結局何も出来ないまま、今日まできてしまった。

だが、祥月命日以外では、普段美保を思いだすことはなくなっている。

今や、貞之介は美保が生きていたときとは別の人生を歩んでいる。その暮らしの中に、美保が入り込む余地はない。

今になって振り返れば、貞之介にとって今の暮らしの方が正解だった。あのまま、美保といっしょになっても、貧しい暮らしをするだけだったろう。

琴乃の婿になったおかげで、今は病気で隠居をした義父の跡を継ぎ、次席家老として自分が考えた改革を実践することが出来たのだ。

だが、と貞之介は深く溜《た》め息をついた。

今は厳しい役目を負っている。世嗣《せいし》の元昌を説得しなければならないのだ。側室の子に家督を譲りたいというとんでもない考えを持った伊勢守がうらめしかったが、主君の命令は重い。

読経が続いている。

貞之介は再び思いを美保に向けて、読経に耳を傾けた。

三

剣一郎は本郷から奉行所に向かった。

道々、風見貞之介のことを考えた。襲撃の件について弁明をしていたが、あまりうまい言い訳とも思えなかった。貞之介自身も本気で言いくるめられるとは思っていなかったのではないか。

貞之介は才覚に優れていることはよくわかる。だが、駆け引きが出来ないのか、嫌いなようだ。嘘をつくことが苦手なのだろう。

次席家老の権威を笠に着て、傍若無人《ぼうじやくぶじん》に振る舞う人物ではない。そもそも、婿に入ったから家老になれたことを十分に自覚しているようだ。

根が純粋なのだ。それは、十二年前に火事で亡くなった許嫁《いいなずけ》のことをいまでも心に留めていることでもわかる。

もし、貞之介に欲やずるさのようなものがあったら、おそらく浜尾藩飯田家において絶対的な権力を握ることが出来たかもしれない。

だが、天は貞之介によけいな能力を与えなかった。まっとうな人物としてこの世に誕生させた。自分を襲撃した者を寛大な気持ちで許すような、亡くなった許嫁の供養をいまだに続けているような、そんな有徳の人物に仕立てた。剣一郎はそんな気がした。

しかし、剣一郎はある危惧《きぐ》を感じていた。

貞之介はおそらく藩のため、主君伊勢守のために身命を賭して仕えているに違いない。もし、御家騒動の種があるなら、貞之介は自らを犠牲にしてまでそれを解決しようと立ち向かうだろう。

貞之介との会話の中で、伊勢守の子どもについてきいたとき、話を逸《そ》らした場面があった。根が正直な貞之介は、逃げたことを示唆《しさ》していたのではないか。

つまり、伊勢守の正室が産んだ男子ひとりのほかに、側室にも男の子がいるのではないか。それを口に出せなかったということは、何か問題が生じていることを物語っているのだ。
となれば、世継ぎのことだろう。
まさに、襲撃の背景にはそのことがあるのではないか。
そんなことを考えているうちに、数寄屋橋御門をくぐり、南町奉行所に着いた。
与力部屋に落ち着いてほどなく、清左衛門から声がかかった。
剣一郎は年番方与力の部屋に行った。
「宇野さま」
剣一郎は声をかけた。
文机の上を片づけ、清左衛門は顔を向けた。
「じつは長谷川どのが話があるそうだ」
清左衛門が立ち上がった。
ふたりで内与力の詰所に行き、隣の部屋で待っていると、四郎兵衛が入ってきた。
剣一郎は低頭して迎えた。
「じつは今朝方、浜尾藩飯田家の御留守居役の柴谷文之助《しばたにぶんのすけ》どのがお見えになった」

四郎兵衛に、風見貞之介のことを話した御留守居役だ。

「御留守居役どのが何か」

剣一郎は気になった。

「家中の原田鉄太郎《はらだてつたろう》という者が数日前から姿を消しているそうだ」

「屋敷に戻ってこないというのですか」

「そうらしい。どうやら、女が絡《から》んでいるらしい」

「女ですか」

「朋輩《ほうばい》の者が言うには、半月ほど前にどこぞの水茶屋で知り合った女がいたそうだ。その女に逆上《のぼ》せ上がっていたので、女といっしょにいるのかもしれないということだ」

四郎兵衛は眉根を寄せ、

「御留守居役は、いずれ金も底をつき、原田鉄太郎は女と相対死にするのではないかと心配している。その場合、飯田家の名が出ないように配慮願いたいとのこと」

と言い切り、改めて剣一郎に顔を向けて言った。

「青柳どのにも承知おき願いたいのだ」

「女といっしょなのは間違いないのですか」

剣一郎は確かめる。

「朋輩によると、そうらしい」

「どんな女かわかりますか」

「二十二、三歳の瓜実顔《うりざねがお》だそうだ」

おくにの特徴とは違う。

こういうときのために、御留守居役が奉行所に付け届けをしているのだ。

「ただ、御留守居役どのにはもうひとつの懸念がある。金を欲して、原田鉄太郎が辻強盗を働かないかということだ」

「辻《つじ》強盗とは穏やかではないな」

清左衛門は顔をしかめた。

「その恐れがあるなら、一刻も早く原田鉄太郎の行方を捜さねばなりません」

剣一郎は言い、

「原田鉄太郎の特徴を聞いていますか」

「中肉中背で、丸顔らしい」

四郎兵衛が言う。

風見貞之介を襲った五人の饅頭笠《まんじゅう》の侍たちを思いだす。肩をしたたか打ち付けた相手は中肉中背だったが……。

「それだけでは捜すのは難しいですね。手掛かりを得るために、御留守居役どのからお話をききたいのですが」

剣一郎は訴える。

「わかった。明日の昼過ぎ、この件でもう一度いらっしゃることになっている。そのとき、青柳どのに声をかけよう」

四郎兵衛は言ってから、

「では、頼んだ」

と、立ち上がった。

年番方与力の部屋に戻ってから、

「どうも、浜尾藩は何かと騒がしいな」

と、清左衛門が口にした。

「風見さまが襲撃された件との関連が気になります」

剣一郎は原田鉄太郎があのときの侍のような気がしていた。

その夜、剣一郎が夕餉《ゆうげ》を終えて居間にいると、庭にひとの気配がした。

「太助か」

剣一郎は声をかけた。

「へい」

「上がってこい」

「足が汚れていて、濯《すす》がないと」

「では、濯いで参れ」

障子の向こうの太助に言う。

「ですが、早く聞いていただきたいのです」

「早く？」

剣一郎は立ち上がって障子を開けた。

夜になってひんやりしている。

太助は庭先に立っていた。

「青柳さま」

太助は逸《はや》る気持ちを隠せないように口を開いた。

剣一郎は濡縁《ぬれえん》に腰を下ろして耳を傾けた。

「一つ目弁天の近くで聞いてまわったら、お参りに来ていた料理屋の女将《おかみ》さんが、一つ目弁天の裏に向かって行く色っぽい女を見たそうです。あっしが見かけた一刻（二時間）ほど前です」

太助は生唾を呑み込み、

「それで、裏に行ってみたんですが、古い一軒家があるだけでした」

太助は続ける。

「その一軒家を訪ねてみました。土間を上がると四畳半の部屋で、その奥にもう一部屋あり、少し開いた隙間からふとんが見えました。誰かが寝ているようだったので何度か呼びかけたのですが、起きる気配はなく、諦《あきら》めて引き上げようとしたら、奥の部屋から物音がしたんです。年寄りが襖を開けて、顔を覗《のぞ》かせました。何度も呼びかけられて、やっと目を覚ましたといった感じでした」

剣一郎は黙って聞いている。

「あっしが土間から、すみません、起こしてしまってと詫《わ》びたら、年寄りは襖をぎこちなく開けたんです。どうやら、体が不自由そうでした。白髪まじりで、鬢《びん》に白いものが混じっていました。あとで知ったのですが、中風《ちゅうふう》で体の半分が麻《ま》痺《ひ》していそうです」

太助は息継ぎをし、

「あっしは、おくにさんに似ているきれいな女のひとのことをききました。ここに訪ねてこなかったかと。年寄りは何か言ってました。呂律《ろれつ》がまわらず、聞き取りにくかったんですが、そんな女は知らないと言ってました」

太助は続けて、

「家の中を見回しましたが、女がいるようには思えませんでした。それ以上、食い下がる材料もなく、相手は病人だし、引き上げようとしたとき、奥の部屋の柱に竹の花入れがあり、一輪挿しが見えました。元鳥越町のおくにさんのところにも同じような一輪挿しがあったんです」

「おくにが飾ったかもしれないと?」

剣一郎はきいた。

「はい。あの年寄りが自分で飾るとは思えません。それに、まだ花は枯れていなかったので、最近挿したのだと思われます。だったら、おくにさんではないかと」

太助は続けて、

「でも、それだけではおくにさんが出入りをしていたという証にはなりません」

と、落胆したように言う。

「しかし、もしおくにが飾ったのだとしたら、おくにはその年寄りとは浅からぬ関係があるとみていい」

「まだ続きが」

太助が言う。

「うむ、聞こう」

「念のために、暗くなるまで一つ目弁天の境内から年寄りの家を見張っていたのですが、女が帰ってくる様子はありませんでした。ところが、夕方に小柄な婆《ばあ》さんがその家に入って行ったんです」

太助は間を置き、

「半刻（一時間）ほどで出てきたので声をかけたんです。そうしたら、その婆さんは朝晩、通いで飯の支度や掃除などをしていると言うんです」

太助はさらに続けた。

「その婆さんに、女のことをきいたら、知らないと言ってました。嘘をついているようではありません。たぶん、婆さんがいないときに、訪ねているのかもしれません」

「一輪挿しは婆さんではないのか」

「ききましたが、違うそうです。それより、一輪挿しのことをきいたら、お医者さんが活《い》けたんじゃないかって。十日に一遍ほど、往診に来るそうです」

「太助のことだ。その医者のところに行ってきたな」

剣一郎はきいた。

「はい。やはり、医者は一輪挿しのことは知らないと」

「そうか」

「あの年寄りは和助《わすけ》といい、若い頃は大工をしていたそうです。中風で倒れてから、あの家でひとり暮らしだそうです」

「和助か」

剣一郎は呟き、

「会ってみよう。なんとなく気になる」

と、口にした。

翌朝、剣一郎と太助は永代橋を渡り、佐賀町《さがちょう》を抜けて万年橋《まんねんばし》を本所のほうに向かい、一つ目弁天までやってきた。

「この奥です」

太助は弁天の脇の路地を奥に向かった。道は細くなって、一軒家が現われた。

太助は戸を開け、

「ごめんなさい」

と、奥に向かって大きな声をかけた。

土間に入って手前に四畳半、正面に襖があり、少し開いた隙間からふとんが見えた。太助が話したとおりだ。

足音がして、奥から婆さんが出てきた。

「おや、おまえさんは昨日の？」

婆さんは太助を見て言う。

「へえ、どうも。和助さんにお会いしたいのですが」

太助は頼む。

「ちょっと待ってくださいな」

婆さんは奥の部屋に行った。

すぐ戻ってきて、

「どうぞ」

と、剣一郎にも目を向けて言った。

剣一郎が編笠をとると、婆さんは目を剝《む》いて、

「青痣《あおあざ》与力」

と、思わず呟いた。

剣一郎の左頰《ほお》の青痣に気づいたようだ。

若いころに人質をとって立て籠もった浪人たちの中に単身で踏み込み、賊を倒して人質を救った。そのとき左頰に受けた傷が青痣で残ったが、それは正義と勇気の象徴と言われ、その後、数々の活躍から青柳剣一郎を人びとは畏敬の念をもって、青痣与力と呼ぶようになった。

剣一郎は編笠を土間に置き、腰から刀を外して上がった。

奥の部屋に行くと、ふとんの上に年寄りが半身を起こして待っていた。白髪まじりで、鬢に白いものが混じっている。しかし、病に倒れてから老けこんだようで、見た目よりは若いのかもしれない。

「突然、押しかけてすまない。南町の青柳剣一郎だ。和助か」

「へい、和助です」

　呂律のまわらない声で、和助は答えた。

「起きてだいじょうぶか」

　剣一郎はいたわるようにきく。

「へえ。からだのはんぶんがいけないだけですから」

「いつからだ？」

「二年前です。目の前が真っ暗になってそのまま倒れてしまいました。この家で倒れたんで助かりました」

　聞き慣れてきて、呂律がまわらなくても話していることは理解出来るようになってきた。

「誰かが医者に知らせてくれたのか」

「へえ、たまたま遊びにきていた知り合いがすぐに医者を」

「その知り合いというのは？」

「…………」

「どうした？」

「へえ」

「言えない事情でもあるのか」

「そうじゃねえ。じつは賭場《とば》で知り合ったんです。源助《げんすけ》って男です」

「今も源助はここに来るのか」

「いえ」

「どうしたんだ?」

「じつは賭場でしくじったらしく、今は江戸を離れています」

「江戸を?」

「へえ」

「では、今は会っていないのだな」

「そうです」

「じつはおくにという女を捜しているのだが」

「そのひとにも言いましたが、そんな女は知りません」

和助は太助の顔を見た。

「そうか」

剣一郎は頷き、

「そなたは江戸の者ではないようだが」

と、きいた。

「へえ」

「どこだ？」

「東海道の掛川《かけがわ》です」

「掛川？」

おくには浜松と三島にいたという。掛川と浜松は七、八里の距離でしかない。

「掛川で何をしていたんだ？」

「大工です」

「なぜ、江戸に出てきたのか？」

「酒と博打で失敗して、逃げるように江戸に」

「博打で失敗したのに、江戸でも賭場に出入りしていたのか」

剣一郎は鋭くきく。

「へえ、やめられませんでした。だから、罰が当たったんでしょう」

と、麻痺している左足を右手でさすった。

「失礼だが、身内は？」

「いません」

「生計《たつき》はどうしているんだ？」

「少し、貯えがありますので」

「そうか」

剣一郎はこれ以上不躾《ぶしつけ》にきくことが憚《はばか》られた。

それを察したのか、太助が口をはさんだ。

「和助さん、柱にかかっていた竹の花入れはどうなさったのですか」

「花入れ？　さあ、あっしは気にしていなかったので」

和助はとぼけた。

太助は何か言おうとしたが、口を閉じた。

「長居をしてすまなかった」

「いえ」

剣一郎と太助は土間を出た。

婆さんが見送りに出た。

「あの竹の花入れ、婆さんが片づけたのかえ」

太助がきいた。

「いえ、和助さんが片づけてましたよ」

「和助さんが？　でも、本人は知らないと言ってましたけど」

「そうですか。変ですね。だって、私が来たときもありましたから」

婆さんは首を傾げた。

「花入れのことを和助に話したか」

剣一郎は口を出した。

「はい。昨日、竹の花入れのことをきかれたと話しました」

「そうか。それで、あわてて隠したのだ」

やはり太助の見立てが当たっていると、剣一郎は思った。

それから、松井町《まついちょう》一丁目にある医者を訪ねた。沖田玄蕃《おきたげんば》という蘭方医《らんぽうい》だった。

婆さんが言うには、玄蕃は腕はいいが、好色だという噂があるらしい。

玄蕃は五十近いが、顔がてかてかしていて、そんなところも女好きに映るのかもしれない。

和助の当時の様子をきくと、

「倒れてすぐ手当てをしたので、なんとか持ち直しました。それでも半身不随に」

と、玄蕃は答えた。

「手当てが遅かったら？」

剣一郎はきく。

「命を落としたか、助かっても寝たきりになっていたでしょう」

「和助が倒れたと駆け込んできたのは誰か覚えているか」

「ええ、きれいな女のひとでした」

玄蕃は目を見開いて言う。

「男ではないのだな。和助は倒れたとき、知り合いの男といっしょだったと言ったが」

「いえ。家に駆けつけたとき、男のひとはいませんでした。きれいな女の方だけ」

「その女は和助とどういう関係かきいたか」

剣一郎は確かめる。

「女のひとはただの通りがかりの者だと言ってましたが、そんなはずはありません。あの家は路地の奥にありますから、たまたま前を通ったとは考えられません」

玄蕃は言ったあとで、

「ただ、その後、何度も和助さんのところに往診に行っていますが、その女のひとを見かけたことはありません」

「その女は二十六、七歳の色っぽい女だったか」

「そうです。あんな女にじっと見つめられたら、男はたちまち虜《とりこ》になってしまうでしょうね」

玄蕃はにやついた。

「そなたも、きれいな女が駆け込んできたから、すぐに往診に出たのではないのか」

剣一郎は苦笑しながらきいた。

「ええ、ほんとうはあのとき、他の往診に行くところだったんです。それがあの女のひとだったので、先に……」

玄蕃は正直に答えた。

「ところで、薬代だが、どうなっている?」

剣一郎は確かめる。

「はい。それはちゃんといただいております」

「和助の今の病状はどうなのだ?」

「半身不随が治ることはありませんが、今のような暮らしは続けられるでしょょう。ただし、新たな発作が起こる心配もありますが」

「もし、新たな発作が起きたら？」

剣一郎は暗い顔できいた。

「助からないでしょう」

玄蕃はわざとらしく顔をしかめてみせた。

「わかった。邪魔をした」

剣一郎と太助は玄蕃の家を離れた。

「和助さんという男は謎ですね」

太助は口にした。

「女はやはりおくにではないか。だが、和助はほんとうのことを話すまい。このことを京之進に伝えてくれぬか。自身番を当たれば、京之進がどこにいるかわかるはずだ」

「わかりました」

京之進にとって大きな手掛かりになるはずだと思いながら、剣一郎は太助と別れ、奉行所に向かった。

四

その日の昼下がり、剣一郎は長谷川四郎兵衛に呼ばれ、内与力の詰所の隣にある部屋に行った。

そこに鬢《びん》に白いものが目立つ武士がいた。

「青柳どの。こちらが浜尾藩飯田家の御留守居役の柴谷文之助どのだ」

四郎兵衛が引き合わせた。

お互いに名乗ってから、

「このたびはやっかいなお願いごとをいたしました。失踪《しっそう》した原田鉄太郎は江戸詰の家臣で、まだ二十五歳と若く、女が絡んでいるようなので、いろいろ気に病んでおります」

と、柴谷文之助は切り出した。

「原田鉄太郎どのがいなくなったのは、いつのことでしょうか」

剣一郎は確かめる。

「二日前、十月八日の夜から長屋に帰ってきていないようです」

「女が絡んでいると言ったのはどなたですか」

「朋輩ですが」

柴谷は困惑ぎみに答える。

「名前はおわかりで？」

「名前？　なぜ、その者の名が必要なのですか」

柴谷はきき返す。

「その女がどこの誰か知っているのではないかと思いまして」

「いえ。それは上役が確かめました。その者は、好きな女子《おなご》がいると、原田から聞いただけで、女の詳しいことは何もわかっていません」

「どこで出会ったかは？」

「それも聞いていません」

「他に原田どのから女のことを聞いた者は？」

剣一郎はさらにきいた。

「もうひとりいますが、やはり好きな女子がいるとだけ」

「原田どのがいつもどこに遊びに行っていたかわかりますか」

「いや、あの男はいつも単独で動いていたようで」

「そのおふたりに会うことは出来ましょうか」

　剣一郎が口にすると、

「いや、そこまでは結構でござる」

　と、柴谷は拒んだ。

「青柳どの。奉行所の者が深く立ち入って聞き込むのは問題が多かろう。それに、柴谷どのもそこまでする必要はないとお考えだ。ただ、万が一のときに対処を願いたいということだ」

　四郎兵衛が口をはさむ。

「ただ、金欲しさに辻強盗を働く恐れがあるのなら、行方を捜し出さねばなりません」

　剣一郎は答える。

「もし、何か尋ねたいことがあれば、私が代わってきいて参りますが」

　柴谷が言う。

「いえ。それには及びません」

　剣一郎は首を横に振った。

　柴谷文之助が介在するなら、真実は聞きだせないと思っている。

「その原田鉄太郎どのから女のことを聞いたご同輩に、密かに奉行所に来ていただくことは出来ませんか」

剣一郎はなおも言う。

「青柳どの。女のことがそれほど重要なのか」

四郎兵衛がまた口を出した。

「ほんとうに女のことかどうか、確かめたいのです。原田鉄太郎どのが朋輩に嘘をついているかもしれません。あるいは、原田どのから女子のことを聞いたという朋輩が偽りを申していることも」

「ばかな」

柴谷が憤然とし、

「そんなことで偽りを言う必要はない」

と、言い返した。

「青柳どのはなぜそう思うのだ?」

四郎兵衛も厳しい顔できく。

「原田どのの失踪に他の理由があるかもしれません」

「他の理由?」

柴谷が奇妙な顔をした。

「それが何かはわかりませんが」

「…………」

柴谷は黙り込んだ。

「柴谷さま、何か心当たりが？」

剣一郎はきく。

「いや、何もない」

「念のためにお尋ねいたしますが、今浜尾藩飯田家にて大きな問題を抱えてはおられませんか」

剣一郎はずばりと口にした。

「大きな問題？　そんなものがあるはずない」

あわてて、柴谷は叫ぶように言う。

「失礼しました」

剣一郎は頭を下げ、

「ところで、藩主の伊勢守さまには元昌ぎみという世嗣がいらっしゃるそうですね」

と、いきなり話題を変えた。

「さようだが」

柴谷は用心深そうに答える。

「そのほかにもうひとり若君がいらっしゃるとお聞きしましたが」

と、剣一郎は鎌をかけた。

「…………」

柴谷は返答に詰まっている。

「どうなのでしょうか」

「なぜ、そのようなことを？」

柴谷は不快そうにきき返す。

「深い意味はありません。もし、差し障りがあるならお答えいただかなくても結構です」

剣一郎はわざとそのような言い方をした。

案の定、柴谷は、

「そんなことで、差し障りがあろうはずはありません。仰《おつしや》るように、御側室に男の御子がおります。しかし、まだ三歳でござる」

柴谷はむきになって答えた。

やはり、男の子がもうひとりいた。

「三歳ですか。では、伊勢守さまは可愛《かわい》くて仕方ないでしょうね」

「…………」

柴谷は何も答えず、四郎兵衛に目を向けた。

四郎兵衛は少し眉を寄せ、

「青柳どの。今はそんなことより原田鉄太郎どののことだ」

と、強い口調で言った。

「わかっております」

剣一郎は四郎兵衛から柴谷に視線を移し、

「もうひとつ、お尋ねいたします」

と言い、相手の表情をじっと見つめ、

「国許の次席家老風見貞之介さまが、今回伊勢守さまといっしょに出府されたのには、どんなお役目があったのでしょうか」

と、きいた。

が、すぐ剣一郎は非を認めるように、

「いえ、これは立ち入ったことを申しました。どうぞ、お忘れください」

と言い、さらに付け加えた。

「原田鉄太郎どののことは責任をもって対処いたします」

「お願いいたします」

柴谷は言い、

「では、私はもう上屋敷に戻らねばなりませんので」

と、立ち上がった。


剣一郎は年番方与力の部屋に寄り、宇野清左衛門と向かい合った。

「どうであった？」

清左衛門がきいた。

「まだ、確証はありませんが、やはり失踪したという原田鉄太郎は次席家老風見さまを襲った賊のひとりのような気がします。そうなると、女の影というのは偽りかと」

女についての、御留守居役の柴谷文之助とのやりとりを話し、

「誰にも会わせてくれようとしません。おそらく、原田鉄太郎には夢中になって

いた女なんていないのでしょう」

と、言い切った。

「次席家老を襲撃したことが明らかになり、制裁を受けたか」

清左衛門が口にした。

「はい。ただ、風見さまがそのような真似をするとは思えないのです。襲撃を受けたあとも、問い詰めようとせず逃がしてやりましたから」

「すると、どういうことになるか」

「まだ、わかりません。このままでは自分を見逃してくれた風見さまをまた襲う羽目になるかもしれないと思い、原田鉄太郎は姿を晦《くら》ましたとも考えられますが。でも、それはないのではないかと」

剣一郎は首を傾げてから、

「それから、伊勢守さまには世嗣の元昌ぎみの他に、御側室が産んだ御次男がおり、三歳だそうです」

と、口にした。

「三歳か」

「伊勢守さまは四十半ばぐらいでふたりめの若君を授かった。歳を取ってからの子は可愛くてならないでしょうね」

「世継ぎのことで何か……」

清左衛門もそのことを考えた。

「風見さまは才覚だけでなく人望もあるようです。そんなお方が、今回伊勢守さまといっしょに出府されたのは……」

剣一郎は、風見貞之介が重大な使命を帯びて江戸に来ているような気がした。

五

翌日、風見貞之介は乗物に揺られて浜町の中屋敷に向かっていた。

また、元昌と話し合うことになっているが、あの襲撃以来、ずっと元昌は貞之介を避けてきた。

今日ようやく約束をとりつけたのだ。

気がかりなことがひとつあった。徒士の原田鉄太郎が行方不明になっているという。なんでも、女のところにいるのではないかという噂が広まっている。

しかし、好きな女子がいたという話が誰から出たのかはっきりしない。

　貞之介は江戸詰の原田鉄太郎がどんな男か知らない。顔も定かではない。ただ、体つきなどからふいに浮かんだ男がいる。

　自分を襲った五人の饅頭笠の侍のひとりだ。青柳剣一郎に肩を峰《みね》打ちで叩かれ、うずくまっていた男に体つきが似ている。

　あの五人は家中の者だ。元昌が遣わした者か、それとも元昌と関係なく、ただ元昌のために害となる貞之介を斃《たお》そうとした者か。実のところはわからないが、原田鉄太郎が賊のひとりだったとしたら、女と逃げるなどとは考えられない。

　まさかと、貞之介は慄然《りつぜん》とした。貞之介を襲ったことに対する報復を誰かがしたのか、それとも、青柳剣一郎に痛めつけられて捕らわれの身になりかけた男を口封じのために……。

　すでに、原田鉄太郎は殺されているのではないか。

　自分の知らないところで、御家騒動の芽が出はじめているのか。

　やがて、乗物は中屋敷の門を入り、玄関に横付けされた。

　その四半刻（三十分）後、貞之介は上座にいる元昌と対面していた。

「元昌ぎみ。きょうは胸襟《きょうきん》を開いてお話をしたいと思い、やってきました」

　貞之介は切り出す。

「そなたの心の内は聞くまでもない」

元昌はいらだったように吐き捨てた。

「元昌ぎみは誤解なさっていると思われます」

「何を言うか」

「はっきり申しましょう。確かに、私は殿の命により、江戸に参りました」

「それみろ。父上は妾の産んだ子が可愛いのだ。家督を竹丸に継がせたいから、私を説き伏せるように命じられたのであろう」

元昌は怒りを抑えるように拳《こぶし》を握りしめた。

「違います」

貞之介は訴える。

「私は御家が分断されないよう、解決の道すじを探るためにここに来ております。よろしいですか、このままでは御家騒動が勃発《ぼっぱつ》してしまいます。そうなると、公儀の介入を受けざるをえなくなるでしょう」

「望むところだ。家督を継ぐにふさわしいのは私か竹丸か、老中《ろうじゅう》に判断していただこう」

「公儀の介入を許せば、浜尾藩飯田家二十万石は減封《げんぽう》されるかもしれません。悪くすれば取り潰《つぶ》しも」

「なに」

元昌は眦《まなじり》をつり上げ、

「そんなばかなことがあるか」

と、叫ぶ。

「仮に減封や取り潰しを免《まぬが》れたとして、公儀の介入によって藩主になれば、その後は公儀に頭が上がらない。何かあったとき、公儀の命令には従わざるを得ないでしょう」

「…………」

「元昌ぎみ。よくお考えください。藩が分断されるようなことは、断じてあってはならぬのです」

「そのために、私に涙を呑めというわけか」

元昌は憤然と言う。

「いえ」

貞之介は身を乗り出し、

「どうか、お人払いを」

と、訴えた。

「なぜだ？」

「元昌ぎみとふたりだけでお話が」

「……………」

元昌は迷っていたが、

「いいだろう」

と、お付きの者を下がらせた。

膝《ひざ》を進め、

「まずひとつお尋ねいたします。原田鉄太郎をご存じですか」

と、貞之介はきいた。

「原田鉄太郎？　知らぬ。何者だ？」

元昌は即答してきき返した。ほんとうに知らないようだ。

「上屋敷にいる徒士でございます」

「その者がどうしたというのだ？」

「数日前から姿が見えないとのこと」

「姿が見えない？」

「はい。女のところにいるのではないかという噂ですが」

貞之介は言葉を切り、

「前回、中屋敷を引き上げ、上屋敷に帰る途中、私は何者かに襲われました」

と、打ち明けた。

「襲われた？」

元昌は怪訝《けげん》な顔をした。

「饅頭笠をかぶった五人の侍にです。おそらく、我が家中の者でしょう」

「家中の者がなぜ、そなたを襲うのだ？」

そうきいた元昌ははっと気づいたように、

「まさか、そなたは私が命じたと思っているのではないだろうな」

と、声を上擦《うわず》らせた。

「違いますか」

貞之介は元昌を見つめてきいた。

「当たり前だ。そんな真似をする理由はない」

「しかし、元昌ぎみは、私が世継ぎの座を竹丸ぎみに譲るよう勧めにきたとお考えでは？　自分を追い落とそうとする危険人物と……」

「待て」

元昌は手を上げて制し、

「私はそんなことは誰にも命じておらぬ」

と、叫ぶように言う。

「では、元昌ぎみを慕う者が勝手にやったのでしょうか」

貞之介はきく。

「…………」

「私は自分を襲った者を追及しようとは思っていません。穏便に事を済ませたいのです。だから、供の者にも誰にも言うなと口止めしました。先ほども申し上げたように、公儀の介入を許してはならないからです」

貞之介は訴え、

「はっきり、申し上げます」

と、居住まいを正した。

「殿が御側室との間に生まれた竹丸ぎみに家督を譲りたいとお考えなのは事実です。そのため、元昌ぎみを穏便な形で説き伏せるよう、私が仰《おお》せつかったのもそのとおりです。ですが、私は竹丸ぎみが世継ぎになることは道理に外れていると思っています。私が江戸に来たのは、事を平和裡《り》に収めるためです」

「なんだかんだといっても、父上に逆らえないのであれば私を諦めさせるしかないではないか」

元昌は激しく言う。

「殿の考えを変えさせる手立てはあります」

「なんだ？」

「家臣の思いです」

「家臣の思い？」

「家臣にとって望ましいお方が藩主になるべきです。器量がないお方を藩主にいただくことは、家臣にとっても領民にとっても不幸なこと」

「………………」

「失礼ながら元昌ぎみは、当然のごとく家督を継ぐと思われていたことでしょう。藩主たる器量をお持ちでしょうか。家臣のこと、領民のことをお考えになったことはありましょうか」

「私に藩主の資質はないと申すのか」

元昌の声が震えた。

「逆にお尋ねします。おありだと思いますか」

「無礼な」

元昌は腰を浮かした。

「お座りください」

貞之介は大声を出した。

「よいですか。元昌ぎみの一挙一動は家臣の目に晒《さら》されております。このことで、取り乱したり、自棄《やけ》になっては、それこそ家臣から見放されるだけです」

「…………」

元昌は何か言おうとして口を開いたが、声にならない。

「どんな局面になろうとも、世嗣であるという誇りと威厳を失わずに」

貞之介は諭すように言い、

「藩主にふさわしい器量があれば、おのずと道は開けるはずです。些細《ささい》なことに猜疑《さいぎ》し、怒りをぶつけてはなりません。何事にも泰然《たいぜん》として、噂に惑わされぬことです」

「無理だ。泰然となどしていられるか」

「殿は、自分は少なくともあと十五年は元気でいられると仰っていました。竹丸ぎみが元服《げんぷく》するまであと十数年。実際に家督が譲られるまで間があります」

「しかし、約定《やくじょう》を取り交わされたら……」

元昌は怯《おび》えたように言う。

「何があっても取り乱したりしてはなりません。仮に、敵と思う者を襲撃するような真似はかえって命取りです」

「そなたを襲わせたのは私ではない。信じてくれ」

元昌は訴える。

「信じましょう」

貞之介は口にしてから、

「前回、元昌ぎみは『父上は私を廃《はい》して竹丸を後継にするという噂がある。それは事実か』と仰いました。風の神から聞いたと」

「うむ」

元昌は小さく頷く。

「風の神とはどなたですか。誰がそのような話を？」

「言えぬ」

元昌は首を横に振った。

「なぜですか。風の神との約束ですか」

「……そうだ」

「私の役目については秘密でした」

「わかっている。秘密を伝えてくれた者を売るような真似は出来ぬ」

「あのとき、元昌ぎみはこうも仰いました。風の神が病を運んできたと。そして、その病はこの風見貞之介であると」

貞之介は迫った。

「そうだ。そうとしか思えなかった」

「なぜ、風の神は元昌ぎみにそんな話を告げたのでしょうか」

「それは義憤にかられたからであろう」

「しかし、私が元昌ぎみを説き伏せにきたというのはいかがでしょうか。間違った話を伝えています」

「………」

「私の役目を邪魔する意図があったとしか思えません」

貞之介は身を乗り出し、

「元昌ぎみは風の神の言うことを信用なさった。それは、風の神がそれなりの人物だからですね」

と、迫った。

「…………」

元昌は溜め息をついた。

「風の神は、筆頭家老の川田利兵衛さまでは？」

貞之介は口にした。

元昌は目を見開いたが、口は閉ざしたままだった。

それで納得した。

「筆頭家老は私の味方ではないのか」

元昌が意外そうにきいた。

「そうであるなら、わざわざ元昌ぎみに秘密を知らせるはずはありません。おそらく、竹丸ぎみにつこうという考えなのでしょう」

貞之介は唇を嚙《か》みしめた。

乗物を襲撃した賊は元昌が差し向けたのではない。まさか、川田利兵衛が……。

「なぜ、竹丸に味方をするのだ。父上に従順なのか」

元昌がきいた。

「いえ。それだけではありません」

貞之介は否定する。

「なんだ?」

「御側室の登代の方の後ろ楯《だて》は豪商『海原屋』です。竹丸ぎみが藩主になれば、『海原屋』からますますの財政援助が期待出来ると考えているのです」

「なんと」

元昌はあんぐりと口を開け、

「その餌につられる家臣も多いということか」

と、唖然《あぜん》とした。

「少なからずおりましょう」

貞之介は言ってから、

「ですが、このことはさして問題にはなりません」

と、言い切った。

「なぜだ? 財政が豊かになる道を誰もが望むであろう」

「財政の問題なら、元昌ぎみもそれだけの財力のある商人とつながりをお持ちになればいいからです。決して悪い意味ではなく、その商人と新たな取引をすることで太刀打《たちう》ち出来ます」

「待て。私にはそのような才覚はない」

「私がお膳立《ぜんだ》てします」

貞之介は励ますように言う。

「そなたは、私の味方なのか」

元昌が厳しい顔できいた。

「いえ。私は藩にとってふさわしい方を藩主にお迎えしたいのです。どちらが家督を継げば藩の財政にとって有利かなど、そのような比較は論外です。しかし、現実には家臣の中にそのことを重視する者がいるのも事実」

貞之介は息を継ぎ、

「私が元昌ぎみにお味方するかどうかは、これからの姿勢を見させていただいて決めたいと思います。何度も申し上げますが、私の役目は平和裡にこの後継問題を決着させることです」

「そんなにうまくいくはずない」

元昌は表情を曇《くも》らせる。

「うまくいかせなければなりません。今のままでは、どちらが正式に世継ぎに決まったとしても、相手側の不満は残りましょう。将来に禍根を残すことになります」

「うむ」

元昌は深い溜め息をつき、

「私はどうしたらいいのだ？」

と、縋《すが》るようにきいた。

「家督に執着しないことです。風の神の言葉など聞き流すのです。現在は元昌ぎみが世継ぎであることは間違いないのです。その自覚を胸に、藩主たる器量を磨くことです」

「…………」

「殿に世継ぎは元昌ぎみしかいないと認めさせること、それが元昌ぎみに求められていることだと思います」

「そうか」

元昌は大きく頷き、

「ようやく、そなたの言うことが理解出来たようだ」

と、顔に生気を漲《みなぎ》らせた。

「そうですか。安心いたしました」

貞之介は引き上げることにした。

「いろいろ失礼なことを申し上げました。また、参ります」

「帰りは大丈夫か。警護の者をつけるぞ」

「ありがとう存じます。もう襲ってこないと思いますので」

貞之介は中屋敷を出た。

乗物に揺られながら、風の神について考えていた。

伊勢守が竹丸を世継ぎにしたいと言いだしたことや、貞之介が伊勢守の命を受けて元昌に会うことを知っているのは筆頭家老の川田利兵衛だ。

なぜ、川田は元昌に秘密をばらしたのか。どんな狙《ねら》いがあったのか。

もし、あの襲撃が成功し、貞之介が落命すれば、元昌の仕業にされたのではないか。それは元昌の印象を最悪にさせるものだ。

家臣の中では元昌ではだめだという雰囲気が広まるだろう。それが狙いだ。

川田は伊勢守の歓心を買うために竹丸擁立《ようりつ》に向かったのか、それとも貞之介が目障りだったので排除しようとしたのか。

いずれかわからない。だが、川田の最初の企《たくら》みは失敗した。まさか、南町与力の青柳剣一郎が駆けつけるとは想定外だったろう。

さらに、五人の襲撃者のうち、ひとりが青柳剣一郎に肩を打たれてその場にくずおれた。饅頭笠をかぶっていて顔はよく見えなかったが、中肉中背の体つきは覚えている。貞之介はその者を逃がしたが、他の四人はその者が捕まったと思っており、逃げてこられたのは口を割ったからに違いないという疑心にかられたのではないか。

その者から他の四人の名も、あるいは命じた者の名も突き止められてしまうかもしれない。襲撃者たちは、そんな恐れを抱《いだ》いたのではないか。

今、上屋敷で行方不明になっている原田鉄太郎は、肩を打たれた侍に体つきが似ている。原田鉄太郎はどこぞで殺されているのではないか。

やがて、乗物は小川町の上屋敷に帰ってきた。

第三章　疑　念

一

京之進は一つ目弁天の境内《けいだい》に入り、拝殿の脇を奥に向かった。

弁天の裏手に岡っ引《おかぴ》きとその手下がいて、一軒家を見張っていた。

「どうだ？」

京之進は声をかけた。

「現われません」

「うむ。しばらく、現われないかもしれぬな」

京之進は呟《つぶや》く。

太助から聞いて、一つ目弁天の周辺や通りかかった男女に聞き込みをしていると、また新たにおくにらしい女が一つ目弁天の横の路地を入って行くのを見ていた者がいた。それはひと月ほど前のことだった。

あの家を差配している家主《いえぬし》が月番で自身番《じしんばん》に詰めていたので、和助が家を借りたころのことがわかった。和助があの家に住みはじめたのは二年前で、そのとき若くてきれいな女もいっしょだったという。

おくにに間違いないと確信した。

きっかけは、たまたま一軒家が空《あ》き家になっていると聞いて家主を訪ねてきたことだという。

「請人《うけにん》は誰か」

京之進は確かめた。

「江戸に出てきたばかりで、知り合いはいないので、私が請人を世話しました」

「心配ではなかったのか」

「娘さんといっしょでしたし、それにお金もそこそこあるようでしたので」

家主は悪びれずに言う。

引っ越してから三月《みつき》後に、和助は倒れた。いっしょに暮らしていたのか、たまたま訪れたときに倒れたのかはわからないが、医者を呼びに行ったのはおくにだ。

おそらく、おくにが南伝馬町の古着問屋『中丸屋』の主人の妾《めかけ》になったのはそのころだろう。しかし、四月《よつき》前に旦那《だんな》が急死し、すぐさま神田佐久間町にある薪《しん》炭《たん》問屋『大嶋屋』の主人の伊右衛門の囲われ者になった。

その間、おくにはときたま和助のところにやって来ているのだ。

「旦那、和助は動き回れない体ですぜ。あっしたちが聞き込みに行ったって、そのことをおくにに話すことはありやせん。思い切って和助を問い詰めませんか」

岡っ引きが訴える。

「そうだな」

ここでいつ来るかわからないおくにを待つより、和助の口を割らせるほうがいいかもしれない。

「今はひとりだな」

京之進は確かめる。

「朝晩に通いの婆《ばあ》さんがやってきますが、昼間はひとりです」

「よし」

京之進は意を決し、和助の家に向かった。

「ごめんなさいよ」

岡っ引きが戸を開けて呼びかけた。

正面の襖《ふすま》が少し開いていて、ふとんが見えた。

「邪魔するぜ。南町定町廻《じょうまちまわ》りの植村京之進さまだ」

襖の向こうでひとの気配がし、襖が開いた。

年寄りが畳を這《は》いながら出てきた。

「和助だな」

岡っ引きが声をかける。

「へえ」

和助は上がり框《かまち》の手前で右手で支えながら体を起こした。

「体のほうはだいじょうぶなのか」

「へえ」

和助は頷《うなず》く。

「ここに、ときたま女が訪ねてきているな。その女の名を教えてもらいたい」

岡っ引きがきく。

「名は知りません」

和助は呂律《ろれつ》のまわらない声で言う。

「なに、どうして知らないのだ？　何度も訪ねてきているじゃねえか」

「たまたま、江戸にやってきたときに知り合い、親切にしてくれただけで」

聞き取りにくいながらも、言っていることはわかる。

「どこでどうして知り合ったのだ？」

京之進が口を開いた。

「道を尋ねたら、親切にここまで案内してくれたんです」

和助は目をしょぼつかせながら言う。

「なんで、そんなに親切だったんだ？」

「あっしが自分の亡くなった父親に思えたのでしょう」

「それからも、ときたまここにやって来ているな」

京之進が確かめる。

「様子を見に来てくれます」

「それなのに名を知らないのか」

「聞きましたが、忘れました」

和助は口から垂《た》れた涎《よだれ》を右手の甲で拭《ぬぐ》った。

「どこに住んでいるかも知らないのか」

「知りません」

「今度、いつくるのだ？」

「わかりません」

和助は惚《ぼ》けたような顔で答える。

わざとなのかどうか、わからない。

「ところで、そなたは掛川の生まれだそうだが、江戸に来るまでずっと一つ所にいたわけではあるまい。浜松と三島にもいたのではないか」

京之進は鎌をかけた。

「掛川周辺を転々としてました」

「浜松と三島はどうなのだ？」

「暮らしたことはありません」

「そなたに親切にしてくれる女も掛川にいたのではないか」

京之進はずばりきいた。

「いえ」

和助は否定する。

「和助。相談だが、どうしてもその女に会いたいのだ。その女が現われるのをこの家で待たせてもらうわけにはいかぬか。この土間を貸してもらえればいい。それも通いの婆さんのいないときに」

「旦那。その女が何をしたって言うんですかえ」

和助がきいた。

「殺しだ」

「まさか。何かの間違いでは？」

「そのことを含め、見つけて問い質《ただ》したいのだ」

「………」

「どうだ？　土間を貸してくれるか。それ以外は迷惑はかけぬ」

「わかりました。いいでしょう」

和助は応じてから、

「ただし、何があろうと部屋には上がってこないでくださいな。あっしは這いずって厠《かわや》に行きます。途中で倒れることもあります。大きな物音がしたからって、部屋に上がるのはやめてくだせえ」

と、注文をつけた。

「いいだろう」

京之進は請け合った。

「では、さっそくこれから毎日ひとり、交代でこの土間に詰める」

京之進はあとを岡っ引きに任せて、和助の家を出た。

一つ目弁天の鳥居の前に差しかかると、太助が立っていた。

「植村さま」

「なんだ、太助ではないか」

京之進がきいた。

「こっちだと思い、やって来ました」

太助は言う。

「そうか。今、和助に会ってきた。おくにのことをきいてもとぼけていたが、何かを隠しているのは間違いない。土間を借り、そこでおくにを待ち構えることになった」

京之進は口にする。

「そのことなんですが」

太助の歯切れが悪い。

「どうした?」

「へえ、あっしから持ちだしておいて言いにくいんですが、おくにさんはもうここにはこないような気がして」

太助が遠慮がちに言う。

「なぜだ？」

「へえ、この鳥居から出てきた女のひとはあっしの顔を見てにっこりと笑ったんで、あっしはおくにさんかもしれないと思ったんです」

「うむ。おくにに間違いないだろう」

京之進は自信を持って言う。

「はい。おくにさんです」

太助も言い切ったあとで、

「あのとき、おくにさんもあっしに気づいた。つまり、おくにさんのところに出入りしていたあっしが奉行所に報《しら》せ、この周辺が探索されることになると想像出来たんじゃないかと思うんです」

「…………」

「つまり、おくにさんはここに来たら危険だとわかっているのではないでしょうか。そうしたら、もう二度とここに顔を出さないのではないかと思ったんです」

「…………」

「和助さんとどの程度のつながりがあるかわかりませんが、わざわざ危険を冒《おか》してやってくるかと不安になって……」

「そうか。だが、太助。やってこないと断定は出来まい。少しでも現われる望みがあれば、待ち構える」

京之進は意気込んで言う。

「わかりました」

太助はほっとして、

「あっしのせいで、骨折り損の草臥《くたびれ》儲《もう》けになってしまうんじゃないかと気になっていたんです」

「気にすることはない。探索には無駄は付き物だ。おくにがいつ現われるかわからないが、必ずくるはずだという信念で待ち構える」

京之進は自分自身に言いきかせるように言い、

「それに、和助とのつながりがわかっただけでも大きな前進だ」

「しかし、和助さんはほんとうのことを何も話してくれないんじゃないですか」

「うむ。だが、いろいろきいていくうちに、ほんとうのことを口にすることもあるはずだ。焦《あせ》らず、対処していく」

「植村さま。これは青柳さまが仰《おつしや》っていたのですが、和助さんがあの一軒家のことをどういう経緯で知ったのかが気になると」

太助は口にした。

「たまたま空き家になっていると聞いて、家主を訪ねたということだったが……」

そう言われてみれば、あのような奥まった場所にある家のことを、どうして和助は知ることが出来たのか。京之進ははっとした。

「確かにそうだ。調べてみる必要がある」

京之進は言い、自身番に向かった。

太助もついてくる。

「あの一軒家の家主が月番で、自身番に詰めている」

京之進は歩きながら説明した。

自身番に着き、件《くだん》の家主に、

「また、教えてもらいたい。和助が住む前、あの家には誰が住んでいたのだ？」

と、きいた。

「喜三郎《きさぶろう》というひとがひとりで住んでいました」

家主は答える。

「その男は今どこに?」

「三年前に亡くなりました。五十歳過ぎの小柄なひとでした」

「亡くなったのか」

京之進は落胆《らくたん》し、

「何をしていたのだ?」

と、気を取り直してきいた。

「香具師《やし》だったそうです。旅から旅の暮らしをしていたようで、晩年を静かに過ごしたいと言うので、引退した五年前にあの家に」

「身内は?」

「縁が切れて、ひとりだけでした」

「和助と喜三郎が知り合いだったとは思えなかったか」

京之進は確かめる。

「さあ、どうでしょうか」

家主は首を傾げた。

「和助は江戸に出てきて、あの家を借りたのだ。どうして、あんな奥にある家のことを知ったのだろう」

　京之進は疑問を投げかける。

「たまたま知ったと言ってましたが」

「そうか。わかった」

　これ以上は家主から新しい話はきけないと思い、京之進は切り上げた。

　自身番を出てから、太助が口を開いた。

「和助さんは喜三郎を頼りに江戸に出てきたんじゃないでしょうか」

「おそらく、そうだ。香具師として諸国の祭礼や縁日をまわっている。当然、東海道にも足を向けただろう」

　どこかで、喜三郎は和助やおくにと出会っている可能性はある。

「太助。おくにの顔を知っているのはそなただけだ。おくにが和助のところに現われたら、そなたに確認してもらう」

「はい」

　太助は応じる。

「俺はこれから、香具師の元締のところに行ってくる。今夜、青柳さまにお屋敷に呼ばれている。また、そのとき」

「そうですか」

京之進は太助と別れ、深川の永代寺門前町《えいたいじもんぜんちょう》に向かった。

二

その夜、剣一郎は八丁堀の屋敷で太助とともに夕餉《ゆうげ》をとり、居間に戻って京之進がやってくるのを待った。

六つ半（午後七時）過ぎ、京之進がやってきた。

「ごくろう」

剣一郎は声をかけたあと、

「じつは作田新兵衛から文《ふみ》が届いた」

と、切り出した。

「浜松、三島にて豪商などに聞き回ったが、おくにらしき女の話は聞かなかったそうだ。また、妾を囲っていた男が不審な死を遂げたという事件もなかった」

剣一郎はさらに文の内容を説明する。

「念のため、府中《ふちゅう》や沼津《ぬまづ》などの大きな宿場町でもきいたが、やはり、おくにらしい女の影はなかったそうだ」

「そうですか」

京之進は落胆し、

「てっきり、浜松と三島でも、豪商の妾になり、金の切れ目で旦那を殺して逐電《ちくでん》したのではないかと睨《にら》んでいたのですが」

と、呟いた。

「ただ、新兵衛は気になることを書いてきた」

剣一郎は厳しい顔で言う。

京之進は真剣な眼差《まなざ》しを向けた。

「二年ほど前まで、隙間風《すきまかぜ》の又蔵《またぞう》と木枯《こが》らしお銀《ぎん》というふたり組の盗賊が浜松や三島だけでなく、東海道の宿場も荒らし回っていたそうだ。今、このふたりについて詳しく調べていると記《しる》されていた」

剣一郎は続ける。

「木枯らしお銀は目の覚めるようないい女だそうだ」

「おくにでしょうか」

京之進は乗り出してきいた。

「断定は出来ぬが、その可能性は高い。だとしたら、隙間風の又蔵は和助だ」

剣一郎は言い切る。

「間違いないように思われます」

京之進は深呼吸をし、

「太助からお聞きかと思いますが、あの一軒家の前の住人は喜三郎という男でした」

と、語りだした。

「喜三郎は五年前まで香具師だったそうです。永代寺門前町にある香具師の元締のところに行って、確かめてきました。喜三郎は元締のところから品物を仕入れ、神田祭や三社祭《さんじゃ》などの祭礼で口上を述べながら売っていたそうです。さらに、諸国の祭礼や縁日にも出かけて、その土地の元締の許しを得て商売をしていたということです。多く出かけていたのが三島だそうで、三嶋大社《みしまたいしゃ》の祭礼には必ず出向いていたと」

京之進は一息つき、

「喜三郎は五年前に体の具合が思わしくなくて香具師を引退し、一つ目弁天裏にある一軒家を借りて住みはじめたということです」

と、付け加えた。

「隙間風の又蔵と木枯らしお銀は、三島で喜三郎と知り合ったかもしれぬな」

剣一郎は言う。

「はい。引退前の最後の仕事で三島に行き、喜三郎は又蔵とお銀に、一軒家の場所を教えたのではないでしょうか。それから、三年後、又蔵とお銀は手配されて追い込まれ、喜三郎を頼って江戸に逃げてきたにちがいありません」

「うむ。しかし、訪ねたところ、すでに喜三郎は死んでいて、弁天裏の家は空き家になっていた。それで、又蔵は和助と名乗り、その家を借りたか」

剣一郎はその想像が大きく外れていないような気がした。

「隙間風の又蔵と木枯らしお銀について、新兵衛がもっと深く調べているようだ。新兵衛も、このお銀がおくにではないかと考えたのであろう」

剣一郎はさらに、

「おくには、木枯らしお銀を名乗る前は別の名で生きていたのだろう。生まれついての悪人などいない。おくにもまたどこかで道を大きく外れてしまったのかもしれない」

剣一郎は木枯らしお銀を名乗る以前のおくにに思いを馳《は》せた。

美しい女子として成長したおくにには、それこそ仕合わせの真っ只中にいてもおかしくない。その気になれば、美貌を武器に玉の輿《こし》に乗ることも出来たはずだ。

何がおくにの人生を狂わせたのか。

剣一郎はそのことに関心が向いた。財産がある男の妻になったとしても、埋めることの出来ない心の穴があるのか。それとも、何かから逃れようとして殺しや盗みを……。

京之進が引き上げたあと、太助が口を利《き》いた。

「おくにさんが、木枯らしお銀なんていうふたつ名を持つ女盗人だなんて、信じられません」

猫の蚤《のみ》取りと猫探しを頼まれて、わずかしかおくにと接していなかったはずだが、太助はしみじみ言う。

「美貌の裏に冷酷さを感じなかったか」

剣一郎はきいた。

「いいえ、逆です。ふとしたときに見せる表情は寂《さび》しそうでした。いえ、悲しそうにも見えました」

「悲しそう……」

剣一郎はますますおくにの生まれと育ちが気になった。やはり、おくにには自分の生き方を変える大きな悲しみがあったのではないかと思った。

ふと、庭の木々が揺れる音がした。風が出てきた。

風がこれ以上強まらないよう祈った。


翌日の朝方まで吹いていた強風は収まっていた。

剣一郎が奉行所の小門を入ったとき、同心詰所から京之進が飛び出してきた。

「青柳さま」

「どうした、何かあったのか」

「はい。今、今戸《いまど》の養泉寺《ようせんじ》裏の雑木林で侍の死体が見つかったそうです」

「侍？」

「はい、土に埋められていたようです。昨夜の強風で木の葉などが吹き飛ばされたために、養泉寺の寺男が気づいたようです」

「もしかして」

剣一郎ははっとした。

「何か」

「浜尾藩飯田家家中の原田鉄太郎だ。あとからわしも行く」

「はっ」

京之進は門を出て行った。

剣一郎は清左衛門に原田鉄太郎らしき死体が見つかったことを告げ、今戸に急いだ。

養泉寺の裏手の雑木林に入っていくと、京之進の姿があった。

「青柳さま、どうぞ」

京之進は亡骸《なきがら》のそばまで案内した。

木漏れ陽を受けて、亡骸が横たわっていた。首から腹部に斬り傷があり、心ノ臓に止《とど》めを刺したような刺し傷があった。死後、だいぶ経過している。

剣一郎は合掌《がっしょう》して、まず亡骸の肩に手をやり、着物をずらした。肌に微《かす》かに峰《みね》打ちの跡が残っていた。

着物を元通りにして、剣一郎は立ち上がった。

「間違いない。浜尾藩飯田家の原田鉄太郎だ。おそらく、斬ったのは同じ家中の者。御留守居役《おるすいやく》どのから頼まれていることであり、あとのことは飯田家に任せる。上屋敷に使いを」

「わかりました」

京之進は応じたあと、小者を呼んで耳打ちをした。

小者が走り去ったあと、

「飯田家で何か起こっているのですか」

と、京之進がきいた。

「次席家老風見貞之介どのが賊《ぞく》に襲撃されたとき、わしが居合わせ、助けに入った。賊のひとりの肩に峰打ちした。この者にその跡がある」

「それで最前は肩を」

京之進が合点《がてん》したように言い、

「襲撃した連中は同じ家中の者なのですね」

と、きいた。

「間違いない」

剣一郎は言い切り、

「奉行所では大名家の探索に限界がある。あとは任せるしかない」

と、言った。

「わかりました」

京之進は悔しそうに言う。

半刻《はんとき》（一時間）ほどして、上屋敷から亡骸を引き取りに侍たちがやってきた。まず、亡骸を原田鉄太郎と認めてから、用意してきた大八車に乗せ、連れて行った。

剣一郎はその引き取り手の中に、饅頭笠《まんじゆうがさ》の侍のひとりと似ている、長身の者を見つけていた。


剣一郎は奉行所に戻り、清左衛門と向かい合った。

「やはり、原田鉄太郎でした」

剣一郎は切り出した。

「そうか」

「女といっしょに逃げたというのは偽りで、すでに殺されていたのです」

剣一郎は話す。

「下手人《げしゆにん》は同じ家中の者だな」

「まず、間違いないかと」

「うむ」

清左衛門は眉根《まゆね》を寄せて憂慮《ゆうりょ》するように、

「報復か」

と、きいた。

「いえ、風見さまはそのような真似《まね》をするお方とは思えません。逆に、口封じかと」

「風見どのを襲った側が仲間を始末したのか」

清左衛門は不思議そうにきく。

「そうだと思います。女といっしょに逃げたと言いふらし、出奔《しゅっぽん》したと見せた上で殺したのは、口封じだからです。報復なら、死体は隠さぬほうが、相手に対する威圧になるでしょう」

「なるほど」

「風見どのはことを荒立てないようにしているようですが」

剣一郎は表情を曇《くも》らせた。

「で、亡骸は？」

清左衛門がきいた。

「引き渡しました」

「あとは、向こうの問題か」

「ええ、任せるしかありません」

剣一郎は風見貞之介の顔を脳裏《のうり》に浮かべて口にした。

「ところで、作田新兵衛の報告はいかがだったか」

清左衛門が改まってきいた。

「大いに役に立ちました。かなり、おくにという女の生きざまがはっきりしました」

「それはよかった」

「一つ目弁天裏に住む和助とは深いつながりがあるようです。おそらく、暮らしに必要な金もおくにが届けていると思います。必ず、あの家に現われましょう。京之進が張り込んでいるので、そのうち捕縛できるかと」

剣一郎は本気でそう思った。

そのとき、当番方の与力がやってきて、

「青柳さま。浜尾藩飯田家の風見貞之介さまの使いの者がお見えですが」

と、伝えた。

「すぐ行く」

剣一郎は清左衛門に断って玄関に向かった。

翌朝、四つ（午前十時）前に、剣一郎は本郷三丁目にある善行寺の山門をくぐった。

先日と同じように、本堂の脇の丘を登ったところにある小さな庵《いおり》に入り、剣一郎は風見貞之介と対面した。

「急な呼出しをして申し訳ありません」

貞之介は頭を下げた。

「いえ。風見さまからお声がかかると思っていました」

剣一郎は正直に言う。

「そうですか」

貞之介は溜め息をつき、

「やはり、原田鉄太郎はとうに殺されておりました」

と、切り出した。

「原田鉄太郎は私を襲った者のひとりです。しかし、原田鉄太郎を殺したのは私ではありません」

貞之介は訴えるように言う。

「わかっております。おそらく、口封じかと」

「ええ」

貞之介は厳しい顔で、

「青柳どの。今、我が藩では、世継ぎの座をめぐって穏やかならざる動きが出てきております」

「お待ちください」

剣一郎は口をはさみ、

「藩の秘密を明かしてよろしいのですか」

と、確かめた。

「青柳どののこと、すっかりお見通しのはず。今さら、隠しても意味がありませぬ。それより、すべてをお話しして、ご理解いただいたほうがいいと思った次第」

貞之介は鋭い目を向けた。

「浜尾藩飯田家の世継ぎは正室の御子である元昌ぎみにあられます。しかし、藩主の伊勢守が寵愛《ちょうあい》している側室登代の方に男子が誕生し……」

貞之介は話を続けた。

剣一郎にとって、想像どおりの内容だった。

「私はこの件を穏便に済ませたいと思っています。どちらが世継ぎになっても禍根が残っては意味がありません」

貞之介はその覚悟を語ってから、

「その私の願いを打ち砕こうとしているのが原田鉄太郎の死です。あの襲撃は元昌ぎみ擁立派の仕業ではなく、逆でした。竹丸ぎみ擁立派が元昌ぎみの仕業に見せかけて私を暗殺しようとしたのです。恐らく、黒幕は筆頭家老の川田利兵衛……」

と、いっきに続けた。

「家中の者に、元昌ぎみの冷酷さを知らしめ、藩主にふさわしくないという気運を作り出すためです」

貞之介は息を継ぎ、

「私は襲撃の件は不問にしました。しかし、襲撃した者たちは、原田鉄太郎がいったん捕まったのに逃げられたことを怪しんだようです。何か取引をして解放されたと決めてかかったのだと思います」

「そうでしょうね」

剣一郎は頷く。

「しかし、原田鉄太郎は女絡《がら》みの揉《も》め事に巻き込まれて殺されたことで押し通そうと思っております。南町与力の青柳さまもそう推し量っていると」

「なんと」

「申し訳ありません。このことをお許し願いたく……」

貞之介は頭を下げた。

「原田の死を利用して対立を煽《あお》ろうとする輩《やから》が出てこないとも限りません。どうか、このとおり」

「お顔を上げてください。私でお役に立てることがあればと申しました。家中のどなたかが私に確かめにきたら、そのようなことを匂《にお》わせておきましょう」

「かたじけない」

一度顔を上げ、貞之介は再び頭を下げた。

「なれど、原田鉄太郎を殺した者はどうなさるおつもりですか。この者の罪も不問にするのですか」

剣一郎は鋭くきいた。

「いえ。それなりに始末をつけさせます。たとえ、上からの命令に従ったまでと言っても、仲間を殺した罪は大きいと言わざるを得ません」

「処分はできますか」

「やらねばなりません。ただ、うまくやらないと、家中に不審が広がり、御家が二分される火種《ひだね》になりかねません」

　貞之介は苦しそうに言う。

「ご胸中、お察しいたします」

　剣一郎は声をかけ、

「なれど、すべて御家のためというお考えでは、非常に疲れ、無理もしなければなりません。言葉は悪いですが、もう少し、手を抜いてもいいのではないですか」

「性分でしょうか。それが出来ないのです。それに」

　貞之介は目を細めて続ける。

「許嫁《いいなずけ》がいたというお話をしましたね。許嫁が火事で亡くなったあと、次席家老風見重吾さまから請われ、婿《むこ》になりました。私は許嫁のことが忘れられず、お断りしていたのですが、風見重吾さまから御家のためになる男と見込んだから婿に望んでいるのだ、浜尾藩飯田家のために先行きはわしのあとを継ぎ、次席家老としてその才覚を揮《ふる》ってもらいたいと。御家のために働くことが私に与えられた使命なのです。下級武士の私が次席家老になったのは、その使命を果たすためなのです」

「そうですか」

貞之介の覚悟を改めて知り、剣一郎は心を揺さぶられた。

「思いが叶うように、私もお祈りしております」

「かたじけない。青柳どのとお話し出来て、少し心に余裕が出来ました」

やっと、貞之介の表情が和《やわ》らいだ。

三

上屋敷に戻った貞之介は、下城した藩主の伊勢守と庭の四阿《あずまや》で対面した。

腰掛けに座る伊勢守は貞之介に目を向け、

「ここなら誰にも聞かれる心配はない」

四阿は庭の築山《つきやま》の上に建っており、四方が見渡せる。近習《きんじゅ》の者や女中たちは少し離れたところに控えている。

「徒士《かち》の原田鉄太郎なる者が殺されているのが発見されました」

貞之介は切り出した。

「当初、姿を晦《くら》まして行方がわからなかったのですが、斬られて今戸の養泉寺裏に埋められていたのです」

伊勢守は眉をひそめた。

「この原田鉄太郎を斬った者は上屋敷におります」

「家中の者同士で何があったのだ？」

「しばらく前になりますが、私は中屋敷からの帰り、五人の侍に襲われました」

「なに？　貞之介が？」

伊勢守は驚いたように言い、

「その連中は何者だ？　中屋敷からの帰りだとすると、まさか元昌が……」

と、きいた。

「いえ。そうと見せかけた竹丸ぎみを藩主としたい者の仕業です。私の暗殺に成功したら、罪を元昌ぎみに負わせ、藩主たる資質に疑いを向けさせる。それが狙《ねら》いです」

「ばかな」

伊勢守は渋い顔をし、

「その証《あかし》はあるのか」

と、憤然としてきいた。

「襲った者のひとりが原田鉄太郎でした」

「なぜ、わかる?」

供の者がこちらを見ている。伊勢守が激昂《げきこう》しているらしいと気づいたのか。

「私の乗物が襲撃を受けたとき、南町奉行所与力の青柳剣一郎どのが助けに入り、賊のひとりを捕らえました。それが原田鉄太郎です」

「………」

「襲撃の前に、元昌ぎみは、殿が竹丸を後継にするという噂を聞いたそうです。それで私が世継ぎを諦めさせるために江戸へ遣《つか》わされたと思ったようです。このことはまだ秘密のはずなのに、竹丸ぎみ擁立の話を知らせた者がいるのです」

「貞之介。そなたに命じたのは元昌の説得だ」

「殿」

貞之介は身を乗り出し、

「よろしいですか。すでに南町は当家が世継ぎで揉めつつあることを摑《つか》んでいるのです。これ以上騒ぎを大きくし、公儀の介入を許したら……」

「そうさせないために元昌のところにそなたを遣わしたのだ」

伊勢守はいらだったように言う。

「それなら、どうして私が口にするより前に、元昌ぎみに知らせたのですか。殿、よくお考えください。御家騒動に発展させないためにはどうするべきか」

「わしから元昌に引導を渡すか」

伊勢守は口元を歪《ゆが》め、

「わしが世継ぎを竹丸にすると言い渡す」

と、声を震わせた。

「無理です。世嗣《せいし》は元昌ぎみと決まっているのを覆《くつがえ》すには、それなりの道理が必要です。誰もが納得いくものでなければ禍根を残しましょう」

伊勢守は筆頭家老川田利兵衛と示し合わせ、元昌の欠点を家中に広めようと企《たくら》んだに違いない。

貞之介はあえてそのことには触れなかった。

「貞之介、わしはなんとしてでも竹丸にあとを継がせたいのだ」

「竹丸ぎみが藩主にふさわしい器量かどうかもわからないのにですか」

「竹丸は聡明な子だ」

伊勢守は目を輝かせて言う。

「それほどまでに、竹丸ぎみに家督《かとく》を継がせたいのですか」

「そうだ。何度も言うておる」

「私に腹案がございます」

貞之介は口にした。

「腹案だと？」

伊勢守は不審そうな顔をし、

「なんだ？」

と、促《うなが》した。

「殿は、少なくともあと十五年ほどは藩主としてやっていき、竹丸ぎみが十七歳になったときに家督を譲りたいとのお考え」

「うむ」

「しかし、殿は十五年どころか、二十年以上もお達者でおられましょう。仮に、元昌ぎみに家督を譲るにしても、そのときには元昌ぎみは四十歳を超えております」

「何が言いたい」

伊勢守はいらだって吐き捨てる。

「殿と元昌ぎみ、各々の願いをまるまる叶えることはできません。そこで、それぞれが一歩引くという形での解決を図りたいと……」

「もってまわった言い方はよせ。はっきり言え」

「では、申し上げます。殿には即刻御隠居いただき、家督を元昌ぎみに譲る。そして、竹丸ぎみを元昌ぎみの養子にするのです」

「なんだと」

伊勢守はいきなり立ち上がった。激しい剣幕に、近習の者が駆け寄ろうとした。

「殿、お聞きください。元昌ぎみのあとに竹丸ぎみが藩主になるのです」

貞之介は訴える。

「竹丸ぎみが誕生するまでは元昌ぎみが世嗣でした。それが、急変。竹丸ぎみに家督を譲るといいだしたのは殿の大きな間違い。それだけに、竹丸ぎみに家督を譲るには殿自身も痛みを味わう必要があります」

「きさま。一番、目をかけていたそなたに……」

伊勢守は口をわななかせた。

「元昌ぎみも大事な殿の御子ではありませんか。強引に勧めて、親子が仲違《なかたが》いをするようになってもよろしいのですか。御家騒動に発展すれば、公儀の介入を許し、浜尾藩飯田家は減封、悪くすればお取り潰《つぶ》しの憂《う》き目を見るかもしれませんし」

近習の者が近寄ってきた。

「殿。隠居するつもりがないのなら、この腹案は撤回いたします」

「貞之介、もうよい。下がれ」

伊勢守は追い払おうとした。

「殿、どうかよくお考えを。失礼いたします」

貞之介は伊勢守の前から下がった。


それから、貞之介は小網町三丁目にある海産物問屋『江差屋』を訪れた。

客間にて、主人の浪右衛門と差し向かいになる。

「浜尾藩領内にある港を北前船の寄港地とする件ですが、具体的に話を進めて行く上で、まず飯田家の世嗣である元昌ぎみにお会いいただきたいのですが」

貞之介はその話を持ちだした。

実母の実家の援助を期待できる竹丸に対抗して、元昌と『江差屋』とのつながりを深め、後ろ楯《だて》にしようと、貞之介は目論《もくろ》んでいる。

「その前に」

浪右衛門が意味ありげな笑《え》みを浮かべた。

貞之介は気になった。

「何か」

貞之介はきいた。

「なにやら、浜尾藩は騒がしいようですが」

浪右衛門の穏やかな顔に、目だけが鋭くなった。

「お気づきでしたか」

貞之介は素直な反応を見せた。

『江差屋』ほどの豪商だ。いろいろなところに目を光らせていることはわかっていた。ある意味、公儀の隠密より、藩の秘密を探り出すことに長《た》けていると睨んでいる。だから、へたな隠し立ては無駄だと思っていた。

「じつは、伊勢守さまは、三歳になる御側室の産んだ竹丸ぎみに家督を譲りたいと言いだしましてね。そのことで元昌ぎみとの関係が悪くならないように、今骨を折っているところです」

貞之介は正直に答える。

「もし、竹丸ぎみが家督を継ぐのであれば、元昌ぎみに会っても、当方にはあまり利はないようですが」

浪右衛門は警戒ぎみに言う。

「いえ、その心配はありません。いろいろな案はありますが、今私が考えているのは、伊勢守さまには隠居をしていただき、元昌ぎみが家督を継ぐことです。そして、竹丸ぎみは元昌ぎみの養子に……」

伊勢守に話したことをそのまま伝えた。

「なるほど。元昌ぎみは二十年後に藩主の座を竹丸ぎみに譲るということですね」

浪右衛門は確かめるようにきいた。

「さようです」

「しかし、そのようにうまくいくでしょうか」

浪右衛門は難しい顔をし、

「二十年後、元昌ぎみが素直に家督を譲るでしょうか。元昌ぎみに自分の子が誕生していたら、実の子に家督を……」

「そうかもしれません」

貞之介は素直に応じ、

「いくら誓紙を残したとしても反故《ほご》にされかねません」

と、不安を口にした。

「それでは、今の御家騒動を二十年後に先延ばししただけに過ぎないのではありませんか」

浪右衛門は鋭く言う。

「仰るとおり」

貞之介は素直に認める。

浪右衛門はじっと貞之介の顔を見つめた。やがて、浪右衛門は微笑《ほほえ》んで、

「わかりました。元昌ぎみにお会いいたしましょう」

と、口にした。

「かたじけない」

貞之介は頭を下げた。

「さすが、風見さまは噂《うわさ》どおりのお方」

浪右衛門は目を細めて言う。

「恐れ入ります」

貞之介も微笑みを返した。

貞之介は小網町から浜町に行き、浜尾藩飯田家の中屋敷に向かった。

すでに夕闇が迫っていたが、使いを走らせ、元昌の了承をとりつけていた。

それから四半刻（三十分）後、貞之介は元昌と向かい合っていた。

「昼間、世継ぎの件で、私は伊勢守さまに腹案を申し上げました」

「腹案？　どんなことだ？」

元昌がきいた。

「伊勢守さま、元昌ぎみにそれぞれあることを譲歩していただいた上で、世継ぎを決定するというものです」

そう言い、貞之介は伊勢守と『江差屋』の浪右衛門に語ったことを話した。

聞き終え、元昌はうむと唸《うな》った。

「いかがでしょうか」

貞之介は感想をきいた。

「竹丸を養子に……」

「そうです。そして、二十年後、竹丸ぎみに家督を」

「……」

「もとより、伊勢守さまがお元気なうちは、元昌ぎみは家督を継げません。伊勢守さまも仰っておられましたが、あと十五年は御達者かと。もちろん十五年というのは、竹丸ぎみが元服するまでという意味でしょうが」

貞之介は乗り出し、

「よくお考えください。仮に十五年後に家督を継ぐとして、そのとき元昌ぎみはお幾つになられましょうか」

「………」

「畏《おそ》れながら、元昌ぎみは四十歳。そこから藩主として何年活躍出来ましょうか。せいぜい、十五年から二十年」

貞之介は畳みかけるように、

「それより、今藩主の座に就《つ》き、十五年から二十年後に養子の竹丸ぎみにあとを任せる。同じ歳月であっても、どちらが元昌ぎみにとってやりがいがおありでしょうか。言うまでもありません。今藩主の座に就くことではありませんか」

「父上が今すぐ隠居するとは思えぬ」

元昌は首を横に振った。

「そのことは私にお任せください」

貞之介は言い、

「ただ、元昌ぎみは私の考えを受け入れられるか否か」

「もちろん、四十歳になって藩主になるより、若くしてなったほうが……。しかし、竹丸を養子にするなど。それに、私に男の子が出来たとき、素直に竹丸に家督を譲れるか自信がない」

「いえ、それは覚悟を決めていただくしかありません」

貞之介ははっきり言い、

「それから、竹丸ぎみを養子にするなら自分の手元に置きたいと伊勢守さまに訴えてください」

「なに、竹丸を手元に……」

「そうです。おそらく、母君であられる登代の方は御子を手放すことを拒むでしょう。しかし、元昌ぎみは代を継がせるには幼少時から世話をと……」

元昌は不服そうだった。

「もし、それが出来ないのであれば、この話はなかったことにします」

貞之介は突き放すように口にした。

元昌は膝《ひざ》に置いた拳《こぶし》を握りしめ、唇を嚙《か》みしめている。

「元昌ぎみ、それからお願いが」

貞之介は口にした。

「なんだ？」

元昌は虚《うつ》ろな目を向ける。

「小網町三丁目に『江差屋』という海産物問屋があります。本店《ほんだな》が蝦夷地の松前にあり、鮭《さけ》、こんぶなどの海産物を取り扱っています。松前の本店は回船問屋も兼ねており、また北前船を何艘《そう》も持っています。浜尾藩領内にある港を北前船の寄港地とする約束をとりつけてあります」

「北前船？」

「はい。浜尾藩の産物である織物や果物の梨《なし》などを北前船に載せ、代わりに鮭、こんぶなどの海産物を我が領内に。そして、そこから各地に売りさばく」

貞之介はさらに続ける。

「港に北前船が着くようになれば船頭などのひとの出入りも増え、港の周辺に旅籠《はたご》も出来、呑み屋なども集まり、活況を呈《てい》するようになりましょう」

「ほう」

元昌は目を瞠《みは》り、

「そなたはそこまで手を伸ばしていたのか」

と、感嘆したように言う。

「はい。そこでこの計画を本格的に進めるにあたり、元昌ぎみには『江差屋』の主人浪右衛門と親しくなってもらいたいのです」

「父上には？」

「まだ、お話ししていません。これは私が密かに進めていたこと」

「………」

「ぜひ、元昌ぎみにはこの計画をどんどん先に進めてもらい、頃合いを見て元昌ぎみから伊勢守さまや重臣方にご説明をいただければと」

貞之介が言うと、元昌は目を潤《うる》ませた。

「そなたが、いつぞや言っていたのはこのことだったのか」

元昌は声を上擦らせた。

「はい。竹丸ぎみが藩主になれば、登代の方の実家『海原屋』からの財政援助が期待出来る。その旨《うま》みにつられる家臣も多い。しかし、『江差屋』と結びつけば、『海原屋』に十分に対抗できます。いえ、『江差屋』とは五分と五分の取引。こちらのほうが安定していると言えるでしょう」

「すまぬ、私のために」

元昌は頭を下げた。

「いえ、以前に申しましたように、私は御家のために働いております。御家にとって何が大事か」

貞之介は訴えた。

すっかり辺りは暗くなり、貞之介が夕餉を馳走になって中屋敷を出たのは五つ半（午後九時）近かった。

元昌がつけてくれた警護の侍が乗物の後ろにいる。

『江差屋』のことは元昌にとって大事だ。うまく運べば、家中において元昌を見直す動きも出てこよう。

乗物は浜町から米沢町《よねざわちょう》を突っ切り、両国広小路《りょうごくひろこうじ》に出た。

外の冷気を入れようと、貞之介は引き戸を開けた。広小路はひと通りも少ない。

柳原通りにさしかかったとき、後ろからやってきた辻駕籠《つじかご》が乗物を追い抜いていった。ひんやりしてきて戸を閉めようとした貞之介は、すれ違う辻駕籠の客がこちらを見ているのに気づいた。

月影が女の顔を照らした。その瞬間、貞之介は何かが胸の底から突き上げてきたような衝撃を受けた。

(他人の空似だ)

貞之介は茫然《ぼうぜん》と駕籠が先を行くのを見送った。

美しい顔だちの女だった。それにしてもよく似ていた。いや、皓々《こうこう》と照る月の光に魅入られて幻を見たのだろうか。だが、あの女もこちらを見ていた。たまたま、向かい合っただけか。

あの女はこんな夜遅くにどこに行くのか。両国橋を渡ってきたようだが……。

上屋敷に着いても、貞之介は女のことが頭から離れなかった。

四

翌朝、剣一郎は一つ目弁天裏の和助の家に駆けつけた。

すでに、京之進が来ていた。

「こちらです」

京之進は部屋に上がっていた。

剣一郎も上がり、奥の部屋に行った。

ふとんの上で、和助が仰向けになって死んでいた。喉《のど》を掻《か》き切っていた。

「自分でやったのでしょうか。右手に血がついていました」

京之進がきいた。

「自由のきく右手でなら出来るかもしれない。だが自分で喉を掻き切って、不自由な体できれいにふとんに仰向けになれるとは思えない」

剣一郎は言った。

「誰かがそばにいたのですね」

「そうだ」

枕元には線香が手向《たむ》けられ、懐紙《かいし》に包んだ銭が置いてあった。

「この銭で弔《とむら》いを出し、墓を建ててくれというのだろう。和助が自分でここまでは用意すまい。やはり、そばにいた者だ」

「おくにがやって来たのでしょうか」

「おそらく、そうであろう」

「なぜ、和助は自ら死を……」

京之進は疑問を口にする。

「おくにを助けるためだ。自分が目をつけられたことが大きかろう。体が不自由なこともあり、おくにの足手まといにならぬように死を選んだのだろう」

剣一郎は想像を言ってから、

「ただ」

と、顔をしかめた。

「喉を掻き切る死に方は『大嶋屋』の伊右衛門と同じだ。あれはおくにの仕業とみていいだろう」

半身不随の和助が手を貸したことはあり得ない。

「だとすると、おくにがやったとも考えられる。むろん、和助に頼まれてだ」

「そうですね」

和助が自分で喉を搔き切ったのだとしても、おくには和助の死に関わっているだろう。

「死体を見つけたのは通いの婆さんか」

剣一郎はきいた。

「そうです。いつものように裏口から入り、和助の部屋を覗いてびっくりしたそうです」

「昨夜、婆さんが引き上げたのは？」

「いつもと同じ六つ半（午後七時）ごろに帰ったそうです」

「すると、そのあとにおくにがやってきたのか」

剣一郎は眉根を寄せた。

「いつもは昼間やって来ていたようですが、昨日に限ってなぜ夜だったのでしょうか」

京之進が首を傾げた。

「太助と会ったことで、危険を察したのかもしれない。それで、夜に」

「おくには和助が死ぬのを見届けたのでしょうか」

「そうであろう。お互いに別れを言い、その上で和助は死んだのだ」

「何があろうと部屋に上がるのはやめてくれと言った和助の言葉を守ったことで、見張りも奥の部屋の異変に気づくことができませんでした」

京之進は悔やむように言った。

「昨夜、おくにらしき女を見かけた者がいないか。帰りは駕籠を使ったことも考えられる。駕籠屋を当たるのだ」

剣一郎は言った。

それから、剣一郎は家の中を探った。

しかし、隙間風の又蔵であったことを示す手紙類や持ち物などは何もなかった。


その夜、八丁堀の屋敷で、剣一郎は太助に和助が死んだことを話した。

「和助さんが自害……」

太助も衝撃を受けたようだった。

「不自由な体で、一生懸命生きていたように思えたのですが」

「奉行所に目をつけられたこともあり、おくにに迷惑がかからないように死を選んだのだろう」

剣一郎はしんみり言う。

多恵が襖を開け、

「京之進どのが参られました」

と、伝えた。

すぐに、京之進が部屋に入ってきた。

「ごくろう」

剣一郎は声をかける。

「はっ」

京之進は恐縮してから、

「おくにらしき女を乗せた駕籠が見つかりました。横網町にある『駕籠政《かごまさ》』の駕籠かきです」

と、口にした。

「乗せたのは五つ半前だそうです。両国橋を渡り、須田町まで行ったそうです」

「須田町で下りたのか」

「はい。あまりにいい女だったのでどこに行くか見ていたそうですが、女は筋違《すじかい》御門《ごもん》をくぐっていったといいます」

「そうか。行方を探られないように途中で下りたな」

「はい。それで、御成《おなり》街道から下谷広小路などの駕籠屋を当たりましたが、おくにを乗せた駕籠は見つかりませんでした。ですが」

京之進は息継ぎをし、

「神田明 神《みようじん》境内にある料理屋の前から女の客を乗せた辻駕籠が見つかりました。駕籠かきは料理屋から出てきたと思い込んでいたようですが、女の特徴からしておくにに間違いないように思います」

「どこまで乗せた?」

「三ノ輪《みのわ》です」

「三ノ輪か。かなり、用心しているな。いずれにしろ、その方面に住んでいるということだな」

「はい。明日はあの辺りの妾宅ふうの家を調べてみようと思っています」

「うむ」

剣一郎は頷く。

「そう言えば」

京之進は首を傾げながら、

「駕籠かきが妙なことを」

と、口にした。

「何か」

「両国橋を渡ってしばらくして、立派な乗物が前方を進んでいたそうです。乗物との距離が縮まったとき、客の女が、あの乗物に近づいて、と言ったんです。駕籠かきは無礼打ちにならないかと気にしながら、なるたけ乗物に接するように追い抜いていった。後棒の者が言うには、女は追い越しながら乗物の主を見ていたそうです」

「その乗物はどこのお家のものかわかるか」

「紋所《もんどころ》は真ん中に黒い丸印がついた下がり藤《ふじ》だったそうです」

「下がり藤?」

浜尾藩飯田家の紋所だ。風見貞之介の顔が過《よぎ》った。

乗物に乗っていたのは誰か。

なぜ、おくには下がり藤紋の乗物の主を気にしたのか。まさか、次の狙いが武家というわけではあるまい。

翌朝、隠密廻り同心の作田新兵衛が帰ってきた。

剣一郎は宇野清左衛門とともに新兵衛と会った。夜通し歩いてきたのか、新兵衛は腫《は》れぼったい目をしていた。

「新兵衛、あまり寝ていないのではないか」

清左衛門が気にしてきく。

「だいじょうぶです。一刻も早くお知らせすべきかと思い、つい」

新兵衛は言い、

「文にてお知らせしましたが、東海道の各宿場で騒がれていた隙間風の又蔵と木枯らしお銀のことが少しわかりました」

剣一郎は耳を傾ける。

「ふたりは浜松から小田原《おだわら》までの宿場で盗みを働いていました。浜松では、ある商家の主人が追剝《おいはぎ》に襲われていた旅の女を助けて家に泊めたところ、その晩に女が手引きをして、強盗を家の中に引き入れ、三百両を盗んで行ったということです」

新兵衛はさらに続ける。

「三島では、豪商の主人が妾になるという女に騙《だま》されて五百両を奪われるなど、同じようなことが各地で繰り返されていました。すべて又蔵とお銀の仕業です」

新兵衛は息継ぎをし、

「そんな中で、掛川と府中、それに沼津宿の外れで、喉を掻き切られて死んでいる男が見つかっていました。やくざの親分や宿場の乱暴者でしたが、又蔵とお銀の仕業だと言われています。それから」

新兵衛は続けた。

「又蔵とお銀の人相書がまわっており、三年前には三島で代官所の役人の手で捕縛寸前までいったそうです。その後、箱根《はこね》を越え、小田原にいたようですが、二年前に商家の旦那を騙して二百両を奪い、そのまま姿を消したようです」

「江戸に向かったのか」

剣一郎は言う。和助の動きと重なった。

「そこで、隙間風の又蔵ですが、もともとは京や大坂を荒らし回っていたひとり働きの盗人《ぬすっと》で、どんな家もわずかな隙間から中に忍び込むということからそのようなふたつ名がついたようです。ところが、十四、五年前に捕り方に追われ、淀《よど》川《がわ》に飛び込んで追手を振り切り、そのまま行方を晦ましたそうです」

新兵衛は間を置き、

「その後、十年前から東海道を荒らし回る男女のふたり連れが出没するようになったということです」

「お銀の素姓はわからぬか」

「はい、残念ながら。ただ、同じころに大坂の豪商の若旦那の嫁がわずか一年足らずで家出をしたそうです。妖艶な美人だったといいますから、その女がお銀の可能性はあります」

「なぜ、家出をしたのか、聞いたか」

「若旦那は嫉妬《しっと》深かったそうです。家に縛りつけられる暮らしに堪えられなかったのではないでしょうか。家を出てさすらううちに、どこぞで又蔵と出会ったのでしょう」

「そうだろう」

しかし、その家を出たことがおくにの運命を変えたのだろうか。

「それ以前のおくにについてはわからないか」

「はい。辿《たど》り着けたのはそこまでです。申し訳ありません」

「いや。よく調べてきた。おかげで、大きく前進した」

剣一郎は讃えた。

「はっ」

「じつは、隙間風の又蔵とおぼしき男は一昨日の夜死んだ。自害だ」

剣一郎は改めて伝えた。

「えっ、又蔵が……」

新兵衛は顔色を変えた。

「一つ目弁天裏に和助という年寄りが住んでいた」

剣一郎は和助のことを語った。

「二年前に江戸へやってきたが、その三月後、和助こと又蔵は発作を起こして倒れたという。手当てが早くて命は助かったものの、半身不随になった。ときたま、おくにらしき女がその家を訪ねていたのだ」

「あの隙間風の又蔵が半身不随になって、そのような場所に住んでいたのですか」

新兵衛は驚きを持って言う。

「おそらく、奉行所に目をつけられたことで、自害を決意したのだろう。おくにを守るためにな」

「そうでしたか。まさか又蔵が亡くなっていたとは……」

新兵衛は感慨を込めて言った。

「和助の死を、おくにはおそらく見届けている。そなたの調べで、和助とおくにが隙間風の又蔵と木枯らしお銀であろうことがわかった」

剣一郎は続ける。

「おくにはときおり悲しげな、寂しそうな表情をすることがあったそうだ。わしは、そのことが気になってならない」

「と、仰いますと?」

「おくには最初からあのような女ではなかったはずだ。それが何か大きな出来事があって変わってしまった。わしはそう見ている。ときおり見せる悲しげな、寂しそうな表情は、まっとうだった自分の面影《おもかげ》が脳裏に焼きついているからかもしれない」

「あっ」

新兵衛が突然、短く叫んだ。

「どうした?」

「代官所の役人の話ですが、街道で、お銀は浪人を含むごろつき連中に絡まれたことがあったようです。その様子を見ていた馬子《まご》が、お銀は小太刀《こだち》で相手をみな叩きのめしたと言っていたそうです」

「小太刀で？」

剣一郎はきき返した。

「はい。話半分にしても、お銀は武芸の心得があるのかもしれないと言っていました。ただ、この話は又聞きで、どこまでほんとうかどうかわからないそうですが」

「小太刀か」

剣一郎は眉根を寄せて考え込む。

喉を掻き切る手際を考え合わせれば、確かに武芸の心得はありそうだ。ということは、おくにこと木枯らしお銀は武家の娘……。

そこでたちまち駕籠かきの言葉が蘇《よみがえ》る。

おくには駕籠を下がり藤紋の乗物に近づかせたのだ。武士の娘だとしたら、その家と関係があるのか。

「新兵衛、大いに参考になった。ごくろうだった」

剣一郎は言う。

「ゆるりと休むがよい」

清左衛門も新兵衛の苦労を労《ねぎら》った。

剣一郎は与力部屋に戻ってから、浜尾藩飯田家の上屋敷に使いを出した。


夕方になって、京之進が奉行所に戻ってきた。

剣一郎は与力詰所に京之進を呼んだ。

「新兵衛が帰ってきた」

剣一郎は新兵衛から聞いたことを話した。

「ふたりはさんざん東海道沿いを荒し回ったようだ。追い詰められて江戸に出てきたのだろう」

「やはり、隙間風の又蔵と木枯らしお銀だったのですね」

京之進はしみじみ言い、

「おくには又蔵と知り合ってから木枯らしお銀と名乗るようになったのでしょうか」

「うむ。しかし、おそらくその前に嫁ぎ先の大坂の商家から家出をしている。この家出に何があったのか」

剣一郎は呟いてから、

「ところで、三ノ輪周辺の探索はどうであった？」

と、きいた。

「それが見つかりません。妖艶な美しい女ですから、ひと目につくと思うのですが、誰も見かけた者はなく、また妾宅ふうの家を訪ねてもそれらしき女はいませんでした。三ノ輪より先とも考え、根岸《ねぎし》まで足を延ばしてみたのですが……」

「妙だな」

剣一郎は首を傾げた。

「あとからの探索を考えて、かなり用心していたようだ。最初の駕籠を須田町で下り、神田明神まで歩いて、再び駕籠に乗った。三ノ輪で下りて、その後駕籠に乗った形跡はない。そうだとすると……」

剣一郎ははっとした。

「おくには日本堤《にほんづつみ》を山谷《さんや》のほうに歩いたのではないか。あるいは、吉原大門の前まで行って駕籠に乗ったか。そのまま今戸、橋場《はしば》まで歩いたか」

「今戸か橋場なら、両国橋を下りて浅草《あさくさ》御門をくぐって蔵前《くらまえ》を通れば、まっすぐ行けます。それなのにわざわざ大回りをして……」

京之進は啞然《あぜん》とした。

「あとを手繰《たぐ》られることを承知しての行動だ」

剣一郎は呟く。

「今戸、橋場で聞き込みをかけます」

京之進が腰を上げようとした。

「待て」

剣一郎は引き止めた。

「おくには我らがどこまで裏を読むと思ったろうか」

「まだ、おくにの計算があると？」

京之進が不審そうにきく。

「そうだ。おくには三ノ輪まで行った。そこから、探索は根岸まで行なった。しかし、今戸、橋場へ行くとは思わないだろうか」

「今戸や橋場ではないと」

「そうだ。違う」

剣一郎は言い切り、

「ただ、おくには今戸か橋場に向かったような気がする。そこからなら船が使える」

「素通りしたと？」

「もう夜が更けており、移動は不審に思われる。今戸か橋場の旅籠ではないか」

「旅籠ですか」

京之進は呟く。

「あるいは、知り合いの家か。知り合いがいるかどうかわからぬが、いずれにしろ、夜が明けてから山谷の船宿から船に乗ったか、あるいは歩いたか」

剣一郎の脳裏に、深夜の町中をせかせかと歩いて行く女の姿が浮かんだ。

五

同じ夜、貞之介は上屋敷内にある家老屋敷で、御留守居役の柴谷文之助と向かい合っていた。

「最前、ある男を改めて問い詰めてみました。ようやく、風見どの襲撃の全容が明らかになりました」

柴谷は報告した。

「その者は、原田鉄太郎を斬ったことを認めました。やはり、捕えられたはずの原田鉄太郎が解き放たれたのは、何かを喋《しゃべ》ったためだと思ったそうです。それから、襲撃を命令した国許の……」

「あいや、そこまで」

貞之介は片手を上げて制し、

「これはなかったことですから。私はその者の名も知ろうとは思いませぬ。この話はそこまでで。ただ、原田鉄太郎を斬り、骸《むくろ》を埋めたことは放っておけませぬ」

「風見どのはどのような罰をお望みですか」

柴谷はきいた。

「私はこの件が家中に知れ渡って、御家の分断を招くような騒動のきっかけにならないことを念じています。したがって、原田鉄太郎は女絡みの揉め事に巻き込まれて殺されたことに……」

「私も風見どのに言われましたように、他の重臣方にもそのように話しております。それゆえ、原田鉄太郎を斬った者の処罰については難しいことで」

柴谷は困惑の色を顔に浮かべ、

「このまま、目を瞑《つぶ》るという手もあるとは思いますが」

と、窺《うかが》うようにきいた。

「いや、それは出来ません。ひとひとりが死んでいるのです」

「そうですな」

柴谷は溜め息をついた。

「ただ、気になることがあります」

貞之介は表情を曇らせて言う。

「なんでしょう」

「襲撃した者たちにしたら、命じられたお役目を果たせなかったことになります。そのことをどう受け止めているか」

筆頭家老の川田利兵衛は、自分の配下の組頭を使って五人に襲撃を命じたのだ。だが、失敗した。その責任を感じているだろう。だから、仲間の原田鉄太郎をも口封じのために殺さざるを得なかったのだ。

その負い目は大きかろう。

そう思ったとき、はっとした。

「柴谷どの。原田鉄太郎を斬った者の様子はいかがでしたか」

貞之介はきいた。

「塞《ふさ》ぎ込んでいます。やはり、仲間を斬ったことで自責の念に駆られているようです」

「それだけではありますまい。使命を果たせなかったのです。このままでは、先々、浮かぶ瀬などないと悲観しているかもしれません」

急に胸騒ぎがした。

「柴谷どの。その男のもとに案内していただけませんか」

貞之介は立ち上がった。

「どういうことでしょうか」

貞之介の勢いに気圧《けお》されたように柴谷も腰を上げた。


表長屋に急いだ。

柴谷文之助が表長屋の近くにいた勤番侍《きんばんざむらい》に、

「金井《かない》恭平《きょうへい》の部屋はどこだ？」

と、きいた。

「金井どのは向こうの長屋です」

と、西側にある長屋を指差した。

「よし」

柴谷がかけ出す。

自分を襲い、なおかつ原田鉄太郎を斬った侍は金井恭平というのかと思いなが
ら、貞之介は西側にある長屋に向かった。

「金井恭平の部屋はどこだ？」

西側の長屋の前で、柴谷が怒鳴《どな》った。

「この先です」

土間から顔を出した侍が指を差した。

柴谷と貞之介はその部屋の前にやってきた。

柴谷が戸を開け、貞之介も土間に入った。奥の部屋にうずくまっているひとの
姿が見えた。

「金井」

柴谷は部屋に上がった。

貞之介も続く。

金井は長身の体を折って呻《うめ》いていた。腹を切ったのだ。

「金井、ばかな真似をしおって」

柴谷が叫ぶ。

外にいる侍に、医者を呼ぶように命じ、貞之介は金井の肩を抱き寄せ、

「金井恭平か。風見貞之介だ」

と、声をかける。

「ご家老。私は……」

「よい、喋るな」

「これで、騒ぎを穏便に……」

「わかった。安心しろ」

貞之介が叫んだとき、金井の首《こうべ》が垂れた。

「金井」

貞之介は静かに金井の体を横にした。

金井は自分の意志で死を選んだのか、それとも筆頭家老に連《つら》なる者が自害を唆《そそのか》したのか。貞之介は静かに手を合わせた。


その夜、貞之介はあれこれ考えて寝つけなかった。

金井恭平の死について後悔が生じている。もっと何か打つ手はなかったか。自分の意志だろうが、誰かに示唆《しさ》されたのだろうが、自害するかもしれないことにもっと早く目を向けておくべきだった。

金井の死によって、襲撃事件がいっきに幕引きとなることは事実だった。金井の罪をどう判断し、裁定を下すか。金井にはなんらかの処分を下さざるを得なかった。

しかし、寝つけなかったのにはもっと他に理由がある。

辻駕籠の中からこちらをじっと見ていた女の顔が、脳裏から離れないのだ。

広い世の中にはよく似ている者はいくらでもいるだろう。しかし、あの女は瓜《うり》二《ふた》つだった。あれから十二年経《た》っている。顔つきも変わっているはずだし、雰囲気だって違うはずだ。事実、駕籠の女は華やかな感じがした。

それなのに、美保だと思った。

美保であるはずはない。美保は死んだのだ。焼死だった。付け火の可能性が高かったが、犯人は見つけ出せなかった。

当時、美保には言い寄っている男が何人もいた。その中のひとりが袖《そで》にされた腹いせから火を放ったと思われていたが、わからず仕舞いだった。

当時、貞之介は次席家老風見重吾とともに江戸の上屋敷に来ていた。その留守の間に、火事が起こったのだ。

その一報に接し、急遽《きゆうきよ》国許に帰ったが、すでに美保の弔いは済んでいた。美保のふた親も弟も突然のことに茫然としていた。

墓の前で、貞之介は慟哭《どうこく》した。

その美保に似ている女がじっとこちらを見ていたのだ。

美保のことを忘れずにいることからくる幻覚だったのか。

南町の青柳剣一郎から会いたいと言ってきたので、承知の旨の返事をしたが、金井恭平の自害があり、明日は行けなくなった。

明朝、さっそく断りの使者を送らねばならない。それにしても、わざわざ会いたいと言ってくるのはなぜだろうかと気になった。

使いの者がきたのは金井が切腹するよりだいぶ前のことだから、このことに関係しているとは思えなかった。

うとうとと寝入ったかと思うと、はっと目が覚めた。夢の中では、美保が寂しそうな目をして貞之介をじっと見つめていた。

翌朝、貞之介は登城前の伊勢守と会った。

すでに、金井恭平の自害のことは耳に入っていた。

「この件についての始末は私にお任せいただいてよろしいでしょうか」

貞之介は伺いを立てた。

「うむ。任せる」

「それから、先日の件ですが」

貞之介はさらにきいた。

「…………」

伊勢守は不機嫌そうに押し黙った。

「竹丸ぎみを養子に迎える件、元昌ぎみは承諾なさいました。あとは殿のご決断次第で、家督を……」

「待て」

伊勢守は鋭い声を発し、

「まだ、そうすると決めたわけではない」

と、激しく口にした。

「殿は現実がお分かりでないようですが」

貞之介はあえて強く出た。

「なに？」

伊勢守は憤然とする。

「原田鉄太郎と金井恭平はなぜ死なねばならなかったとお思いですか。殿が竹丸ぎみに家督を譲ると言ったことから、藩内の秩序が狂いはじめたのです」

「それを穏便に収めるのがそなたの役目だったのだ」

伊勢守は身勝手に言う。

「私がことを穏便に収めようとする前に、この機に乗じて藩内での自分の立場をよくしようとする者が現われたのです」

筆頭家老川田利兵衛は伊勢守の信任の篤《あつ》い貞之介を排除し、竹丸ぎみに家督を継がせる筋道を作ることで藩内での己の地位を上げようとしたのだ。

しかし、貞之介はあえて具体的には口にしなかった。

「その者の策謀は失敗に終わりましたが、原田鉄太郎と金井恭平のふたりが犠牲になりました。ひとえに、その人物の罪ではありますが、そもそもは殿が秩序を壊すようなことを言いだしたのが……」

「黙れ」

「いえ、黙りません。私は昨夜、金井恭平が息を引き取るのを見届けました。このような結果に導いた者に怒りを抱きました」

　貞之介は声を震わせた。

「責任の一端は殿にもあるのです」

「……………」

「殿。これ以上、犠牲者を出さないためにもぜひご決断を。そして、竹丸ぎみを元昌ぎみの養子にすることを、早く登代の方に伝えてお許しを」

「登代に承諾を得る必要はない」

「でも、竹丸ぎみを手放すことになるのですから」

「なに？」

　伊勢守は目を剝《む》いた。

「なぜだ？」

「養子になれば当然、竹丸ぎみは江戸でお暮らしになるべきでしょう。これは元昌ぎみの希望でもあります」

「いや。国許に置いておく」

「それは出来ません」

「なぜだ？」

「国許にいる間に、元昌ぎみに男子がお生まれになったらどうなさいますか。それでも国許にいる竹丸ぎみが世継ぎになるのは……」

「貞之介、そなたは……」

伊勢守はあとの言葉を呑んだ。

「私は竹丸ぎみが浜尾藩飯田家を継ぐ最善の方法を考えたつもりです。これが無事に、竹丸ぎみが世継ぎになる道」

貞之介は深呼吸をし、

「登代の方は竹丸ぎみを手放すことを拒むでしょう。しかし、世継ぎを期待するなら、そこまでの覚悟が必要かと」

と、付け加えた。

「もし、登代の方のお許しが出れば、この件を家中に披露し、今徐々に不安を抱きはじめている者たちを安心させたいと思います」

「これが手だったのか」

伊勢守は啞然とした。

「手とは？」

貞之介はとぼけた。

「そなたは元昌の味方か」

「いえ。私は御家のため、ひいてはそれが領民のためだと信じて命を賭《か》けております」

貞之介はさらに続ける。

「私は十一年前、次席家老風見重吾さまの娘婿になり、義父の跡を継ぎ、家老職に就きました。下級武士の私が次席家老にまでなったのは、義父のおかげ。期待に応え、御家のために尽力することこそ私の使命と存じています」

「…………」

「原田鉄太郎が殺された件や金井恭平の自害について、家中の主立った者たちに私から説明させていただきとうございます」

「好きにせい」

伊勢守は吐き捨てるように言った。

「では、殿の御名で招集をかけたいと思います」

貞之介は低頭し、伊勢守の前から下がった。

そして、その日の昼過ぎ、御殿の大広間に江戸家老や用人らをはじめとした家中の主立った者を集め、伊勢守に代わり、原田鉄太郎の斬殺と金井恭平の自害は無関係である旨を説明した。

「原田鉄太郎は女絡みの揉め事に巻き込まれて殺されたものであり、これが表沙汰にならないように南町奉行所の青柳剣一郎どのに頼んでおります。また、金井恭平については最近、気うつの症状があったと聞いており……」

むろん、重臣たちはうすうす何があったか気づいているが、藩としての見解はこうだという貞之介の言葉に異を唱える者はいなかった。

翌日の朝、貞之介は本郷三丁目にある善行寺の庵で、青柳剣一郎と会った。

「一日延ばしてしまい、申し訳ありませんでした」

貞之介は詫《わ》びた。

「何かございましたか」

剣一郎は心配してきいた。

「青柳どのですから正直に申します。原田鉄太郎を斬った男が一昨夜、切腹しました。私を襲撃した五人のうちの長身の男です」

「そうですか」

剣一郎は冥福を祈るようにしばらく目を閉じた。

「自責の念か、あるいは自害を暗に命じられたかわかりません。ただ、これにより、事態の収拾が図《はか》れることになりました」

「それはよございました」

剣一郎は心より喜んでくれた。

「ありがとうございます」

貞之介は頭を下げてから、

「して、青柳どのは私に何か」

と、改めてきいた。

「つかぬことをお伺いいたしますが、風見さまは四日前の夜五つ半（午後九時）ごろ、乗物にて両国広小路から柳原通りに向かいませんでしたか」

「なぜ、そのことを？」

「じつは、本所から女の客を乗せた駕籠かきが妙なことを言っていたのです」

「妙なこと？」

貞之介は胸騒ぎがした。

「前をゆく乗物を見た客の女が、駕籠を乗物に近づけてくれと言い、追い越すときに乗物のほうをじっと見ていたというのです」

あの女のことだ。なぜ、あの女のことを……。

貞之介は動揺を隠し、

「あのとき、確かに駕籠が近づいてきて、女が乗っているのに気づきましたが、そのまま駕籠は追い抜いて行ってしまいました」

と答えたあとで、

「あの女は誰なのですか」

と、きいた。

「風見さまは気づかれていたのですか」

「気づきました」

「では、顔を見たのですか」

「月が皓々と明るかったので、顔はわかりました」

「心当たりは？」

剣一郎は逆にきいてきた。

「あの女のことは知りません」

貞之介は即座に否定してから、

「ただ、自分の知っている女によく似ていたのです」

と、口にした。

「どなたですか」

「それは……」

貞之介は迷ってから、思い切って口にした。

「亡くなった許嫁《き》です」

「先日、十三回忌の法要をしたお方ですか」

剣一郎は口にした。

「あの女は誰なのですか。なぜ、青柳どのはあの女のことを調べているのですか」

貞之介はきき、剣一郎の答えを息を殺して待った。

第四章　一炊《いっすい》の夢

一

剣一郎は複雑な思いで、貞之介の顔を見つめた。

「あの女は誰なのですか」

貞之介は再びきいた。

真剣な眼差《まなざ》しだ。死んだ許嫁《いいなずけ》に似た女を見ただけで、このようになるのか。

それにしては、衝撃が強すぎるようだ。

そのとき、貞之介は許嫁が目の前に現われたと思ったのではないか。

引っ掛かるのは女のほうも気にしていたことだ。なぜ、女は乗物を気にしたのか。単に豪華な乗物に乗っている男に興味を持っただけなのか。

うまくいけば、妾《めかけ》の座を射止めることが出来ると思ったか。今まで商家の旦那《だんな》だけだったが、武家にも手を出そうとしたのか。

いや、相手が大名ならともかく、そのようなことは考えられない。

それに、おくには武家の乗物だから駕籠《かご》を近づかせたのではなく、おそらく下がり藤《ふじ》の紋所《もんどころ》を見てそうしたのだ。

つまり、おくには下がり藤の紋所の家、浜尾藩飯田家の誰かを知っていたのだ。それも乗物に乗るような人物のことを……。

「あの女はおくにと言い、ある商家の旦那の囲われ者でした。旦那が亡くなったあと、姿を晦《くら》ましていたので捜していたのです。あの夜、本所から駕籠に乗ったことを突き止め、駕籠かきから行き先を聞いて、乗物に近づいた話を知ったのです」

剣一郎は貞之介の強張《こわば》った顔を見つめて、

「あの女は下がり藤の紋所を見て乗物に近づいたのではないか」

と、付け加えた。

「…………」

「浜尾藩飯田家に知っているお方がいたのではないでしょうか」

貞之介から返事がない。

そのとき、剣一郎はあっと思った。おくには紋所を見て、乗物に駕籠を近づけさせたと思っていたが……。

「風見さま。駕籠が追い越して行ったとき、乗物の戸は閉まっていたのですか。それとも開けてありましたか」

「風を入れようと開けていました」

「やはり」

剣一郎は思わず唸《うな》った。

おくには紋所だけでなく、貞之介の顔も見たのではないか。

「風見さま。ひょっとして、似ているからではなく、許嫁が目の前に現われたと思ったのではありませんか」

剣一郎は鋭くきいた。

貞之介は困惑したように、

「そうです。許嫁だった美保だと思いました」

「風見さまが覚えているのは十二年前のお顔ですね。それでも、そう思ったのですか」

「確かに、十二年前は純でおしとやかな女子《おなご》でしたが、駕籠の女は妖艶な感じがしました。でも、見た瞬間、美保だと……」

貞之介はあわてて、

「しかし、美保はすでに亡くなっているのです」

と、付け加えた。

「美保どのは火事でお亡くなりになったとお聞きしましたが」

剣一郎はきいた。

「そうです」

「では、亡骸《なきがら》は焼けて……」

「そうだと思います」

「えっ？　風見さまは美保どのの亡骸を見てはいないのですか」

剣一郎は驚いてきいた。

「私が江戸に出向いて国許を留守にしている間のことでした」

十二年前の十月はじめ、在府の重臣たちに財政改革の考えを説明するために、貞之介は次席家老風見重吾《がろう》とともに江戸の上屋敷を訪れた。

「十月九日の夜、美保の実家である村瀬富太郎どのの屋敷から出火し全焼、その火事で、美保は犠牲になったのです。私は知らせを受け、直《ただ》ちに帰りましたが、すでに葬儀も終えたあとでした」

貞之介は無念そうに言った。

「江戸には、風見さまが行かなくてはならなかったのですか」

剣一郎は確かめる。

「当時の次席家老風見重吾さまが、私の財政改革に関する考えを評価してくださり、江戸のお歴々に直《じか》に私から説明させたいと」

「なぜ、風見さまが直々に?」

「………」

貞之介ははっとしたような顔をしたが、

「重吾さまは私のことをとても買ってくれていました。江戸屋敷の方々に私を引き合わせてくれようとしたのです」

と、あわてたように説明する。

「婿《むこ》の話を断ったのに、引き立ててくれたのですか」

剣一郎は念をおしてきいた。

貞之介の返答まで間があった。

「重吾さまは自分のことより、藩にとって何が大事かを優先してお考えになられるお方でした。だから、婿の話を断ったことなど、些細《ささい》なことでしかなかったのです」

「風見重吾さまはご健在でいらっしゃいますか」

「はい、五年前に病気を理由に隠居されましたが、お元気です」

「病気はなんだったのですか」

剣一郎は確かめる。

「心ノ臓が悪いということで、用心して激務から解放されたいと望まれたのです」

「風見さまがいらっしゃるから、安心して隠居をしようとしたのでしょうか」

「ほんとうはもっと家老職を続けられたはずなのです。ですが、財政改革をするにあたり、力を揮《ふる》わせようという願いがあったのだと思います」

貞之介はさらに、

「重吾さまは、ご自分よりも私のほうが滞りなく財政改革を推し進められるだろうと思い、私に代を譲ったのです。あくまでも、御家のためにという考えからです」

貞之介は敬服するように言った。

「御家のためですか」

剣一郎はその言葉が胸に引っ掛かった。

「青柳どの」

貞之介は思い詰めたような目を向け、

「どうか、駕籠の女を捜して私に会わせていただけませんか」

と、訴えた。

「なぜですか」

剣一郎はきいた。

「それは……」

「駕籠の女は美保どのではないかと疑っているのですね」

「……いえ」

「火事で焼死したことは間違いないのですね。ご家族も葬式を出し、お墓もあるのですから」

剣一郎は確かめる。

「そうです。お墓参りもしました。美保が亡くなったのは間違いありません。ただ」

貞之介は言いよどみ、

「駕籠の女はあまりにもそっくりでした」

　貞之介は目を剝《む》いて言う。

　剣一郎はさりげない口調で、

「美保どののご家族は何人ですか?」

　と、きいた。

「家族ですか」

　貞之介は不審そうな顔をしたが、

「ふた親に美保の弟がひとり」

　と、答えた。

「姉妹はいないのですね」

「ええ」

「たとえば、親戚はいかがですか。美保どのに似た娘御がいたということは?」

「それはありません」

「そうですか」

　剣一郎は間を置いてからきいた。

「弟御の今のお役目は何ですか」

「私は財政改革とともに藩政改革にて、新たな人材の登用を掲げました。そのために、下級武士でも有能な者は引き上げられるようになったのです。美保の弟はもともとは徒士《かち》でしたが、藩校での成績がよく、剣術も達者でして、今は馬廻り役に昇格しています」

「馬廻り役？」

「はい。殿のそばにお仕えする重要なお役目です」

「かなりの抜擢ですね」

剣一郎は驚いてきく。

「ええ」

「それまではそのような抜擢はなかったのですね」

「はい。他にも徒士から出世した者も何人かおります。私自身は婿入りして次席家老になったのですが、それらの者は自分の実力で伸し上がったのです」

「でも、それも風見さまのお力があってのこと」

剣一郎は口をはさむ。

「私より、重吾さまのご決断が大きいかと」

貞之介は義父である風見重吾を讃《たた》えた。

しかし、貞之介は厳しい顔で何かを考える顔つきになった。

今聞いた話だけで結論づけることは早計だが、ある筋書きが成り立つと思った。

火事で死んだのは美保ではない。しかし、ふた親は自分の娘だとし、葬式まで出した。もし、貞之介がいたら別人だと気づいたはずだ。幸か不幸か、そのとき、貞之介は江戸にいた。

もし、美保が生きているとしたら、火事で死んだのは誰なのか。なぜ、ふた親は他人を美保だとして葬式を出したのか。

おのずと答えが導かれる。

その後、貞之介は次席家老風見重吾の娘婿になり、今は家老職に就いている。美保の弟は馬廻り役に出世した。

この想像が当たっているかどうかわからない。そもそも、おくにが美保である可能性はどの程度あるのか。

貞之介は虚空《こくう》を睨《にら》み付けていた。

貞之介もそのことに気づいているだろうが、剣一郎はあえてそのことには触れなかった。

「事情はわかりました。今の段階で、あれこれ勝手に想像を巡らせても意味がありません。まずは、おくにという女を捜し出すことが先決です」

剣一郎は厳しい表情で言った。

「どうか、お願いいたす」

貞之介は頭を下げた。

「では、私はこれで」

剣一郎は立ち上がった。

庵《いおり》を出て、途中で立ち止まって振り返った。

貞之介は美保が生きていたと思っているようだ。

死んだはずの女が生きていた。単にそのことだけではすまないのだ。美保を死んだことにするためには、周囲の協力が必要だ。なにより、美保自身がその覚悟を固めていなければ不可能だ。

剣一郎もおくにが美保であることに間違いないような気がした。太助の話では、おくにはときたま寂《さび》しそうな表情をすることがあったという。

作田新兵衛の調べでは、おくには大坂の豪商の若旦那の嫁になったものの家を出てしまったらしい。その後、隙間風の又蔵と出会い、木枯らしお銀というふたつ名を持つ女盗賊に変わっていった。

何が、おくにをそうさせたのか。

おくにが美保であれば合点《がてん》がいく。なぜ、美保は自分を死んだことにしなければならなかったのか。

今頃、貞之介もそのことに思いを馳《は》せ、胸を掻《か》きむしっているに違いない。


部屋にひとり残った貞之介は思わず叫んでいた。

「なんということだ」

貞之介は混乱していた。

まだ、あの女が美保だと決まったわけではない。他人の空似ということも考えられる。そう自分に言いきかせるが、否定するそばから確信に変わっていく。

なぜ、貞之介が江戸に行って留守のときに火事が起きたのか。剣一郎が指摘するように、貞之介が江戸までわざわざ行く必要があったのか。

美保が亡くなって数か月後、改めて風見重吾から婿にならないかと請われた。美保のことが忘れられず、貞之介は生涯嫁をもらわずに生きて行く気になっていたので、そのときも断った。

だが、風見重吾は説くように言った。

「そなたの持っている才覚を御家のために捧げる気はないか。そなたが思う存分力を発揮するには、それなりの後ろ楯《だて》が必要だ。婿になれば、わしという後ろ楯が出来る。また、わしが隠居したあと、そなたがわしのあとを継ぎ、次席家老となれば、さらにそなたはやりやすくなる。藩のために、財政改革と藩政改革を推し進めるのだ」

さらに、重吾はこうも言った。

「いつまでも死んだ女のことを思い続けて無気力に生きていく姿を見て、草葉の陰で美保どのは喜んでいると思うか。美保どのの冥福を祈るためにも、そなたは立ち直り、使命を全うするのだ」

美保を失った心の隙間を、重吾の娘の琴乃が少しずつ埋めていってくれた。

そのことも、貞之介が婿入りを決心した理由でもあった。

琴乃はおっとりした性格で、貞之介には従順だった。次席家老の娘という高慢なところはなく、いっしょにいて心が落ち着き、仕事で疲れたときも、ずいぶんと癒された。

ふたりの子どもにも恵まれ、貞之介は公私共に充実した生活を送ってこられた。

藩での難題である世継ぎの件も、どうにか事を収められそうだ。そういう意味では、義父である風見重吾の期待に十分に応えることが出来たと、密かに自負している。

そんな中で、突如信じられないことが起こった。

もし、駕籠の女が美保だったら……。

美保が焼死したという火事は仕組まれたものだったということになる。美保のふた親もこの企《たくら》みに絡《から》んでおり、黒幕は風見重吾だ。

貞之介は目がくらみ、倒れそうになった。一番大きな問題は美保がこの企みに乗っていたということだ。

美保はなぜ……。

しかし、もっと気になるのは、その後の美保はどのように生きてきたのか。あの火事のあと、美保は浜尾藩領内から去り、二度と戻ってくることはなかった。親きょうだいとも別れ、どこに行ったのか。

詳しい事情はわからないが、南町奉行所が追っているのは事実だ。美保の生きざまに暗い影が差す。

貞之介はまたも必死であえぐように、まだあの女が美保だと決まったわけではないと思おうとした。

美保が自分を死んだことにしてまで貞之介と別れようなど、そんなばかなことをするはずがない。何があってもふたりで生きていこうと誓ったのだ。その約束を美保が破るはずはない。

ここが国許であれば、すぐに義父の重吾を問い詰め、美保のふた親にも問い質すことが出来るのだが、と悔しがった。

二

その夜、八丁堀の屋敷に京之進がやって来た。

「途中までのおくにの足取りが摑《つか》めました」

京之進は切り出した。

「今戸や橋場の妾宅《しょうたく》らしき家を片っ端から調べましたが、おくにらしき女はいませんでした。また、旅籠《はたご》も確かめましたが」

京之進は首を横に振った。

「そこで、青柳さまが仰《おつしや》るように、翌日の朝に今戸か橋場から離れたことを考えて、橋場の渡し場や山谷の船宿で聞き込みをしました。すると、三日前の朝、つまり和助が死んだ翌日の朝に、山谷堀の船宿から竹屋《たけや》の渡しで対岸に渡った女がいたことがわかりました。女の特徴はまさにおくにのものでした」

京之進は息継ぎをし、

「おくにはどこかで一夜を明かしたようですが、おそらくおくにを匿《かくま》う家があったのだと思います。その家は、絶対に目をつけられないという自信があったのでしょう」

と、付け加えた。

「ともあれ、私も船で対岸に渡りました」

竹屋の渡しは山谷堀と向島《むこうじま》側の三囲稲荷《みめぐりいなり》社鳥居の前の船着場とを結んでいる。

「聞き込みをかけましたが、三日前の早朝のことなので目撃した者が見つからず、竹屋の渡しの船頭に、おくにらしき女といっしょだった乗客についてきくと、花川戸《はなかわど》にある小間物屋の主人が乗り合わせていたのを覚えていました。それで、花川戸に行きました」

京之進が深呼吸をして、

「小間物屋の主人はあの日は朝早く、向島の料理屋に白粉《おしろい》を届けるために渡しに乗ったところ、同じ船にふるいつきたくなるようないい女がいたので、いい目の保養になったと喜んだということです。それで、対岸についてから、女が源兵衛《げんべえ》橋のほうに歩いて行くのを見届けたそうです」

京之進はそこで言葉を切り、

「その先はまだ追いかけられていませんが、本所に隠れ家があるのではないでしょうか」

と、想像を口にした。

「うむ、よくやった。おそらく、そうであろう」

剣一郎は讃えた。

「青柳さま」

京之進は思いだしたように口にした。

「下がり藤紋の御家の乗物の主《ぬし》はわかったのでしょうか」

「うむ。浜尾藩飯田家の次席家老の風見貞之介さまだった。風見さまも駕籠の女の顔を見ていた」

剣一郎は答えた。

「まさか、ふたりは知り合いだとか」

「そうだ。そのまさかだ」

剣一郎は、貞之介の許嫁の美保が焼死したことから次席家老風見重吾の娘婿になった話をし、

「風見さまは駕籠の女を見て、美保どのだと思ったそうだ」

「亡くなった許嫁に似ていたのですか」

「いや、美保どのそのものだ」

「でも、美保どのは死んで……」

京之進ははっとして声を呑《の》んだ。

「風見さまはおくにが美保どのかどうか確かめたがっている。会いたいと訴えていた」

「好きな男のために自分を死んだことにして……」

京之進はやりきれないように言う。

「いや。美保どののひとりの才覚で出来ることではない。黒幕がいるのだ」

剣一郎は言ってから、

「しかし、おくにが美保どのだと決まったわけではない。すべては、おくにを捕

まえてからのことだ」

「わかりました」

京之進は素直に頷《うなず》いてから、

「明日から本所一帯を調べてみます」

と、意気込んで言い、立ち上がった。

「わしも太助と本所を歩いてみる」

太助だけがおくにの顔を知っているのだ。

京之進が引き上げたあと、

「おくにはわざわざ大回りをしてまた本所に戻ってきたんですね」

と、太助が驚いたように言う。

「うむ。探索の攪乱《かくらん》を狙《ねら》ったのだろうが、手間をかけたものだ」

「ええ、駕籠を乗り継いだりして」

太助が半ば感心し、半ば呆《あき》れたように言う。

「駕籠の乗り継ぎか」

剣一郎は太助の言葉を繰り返した。何かが引っ掛かった。

「でも、まさか、向島に渡ったことを突き止められたとは思っていないでしょうね」

太助の声が遠くに聞こえた。

乗り継ぎか。ひょっとして、船も……。

「太助、明日、本所に付き合ってもらう」

剣一郎は思いついたことを確かめたかった。


翌日、剣一郎は太助とともに水戸《みと》家下屋敷近くの源兵衛橋の袂に立った。陽差しは弱く、川風が冷たい。木々も葉を落とし、源森《げんもり》川の水面に枯れ葉が浮かび、冬ざれの風景が広がっている。

「三囲稲荷社のほうからやって来たおくには源兵衛橋を渡った。わしの勘に間違いなければ、おくにが向かったのは業平《なりひら》橋だ」

そう言い、剣一郎は源森川沿いを歩きだした。

「業平橋ですか」

太助がついてくる。

「駕籠を乗り継いだ。おそらく、船も」

おくには本所から駕籠を乗り継ぎ、三ノ輪まで行った。今度は船を乗り継いだのではないかと、剣一郎は考えたのだ。

「なるほど」

太助は大仰に答える。

源森川は横川《よこかわ》とぶつかる。その横川に業平橋がかかっている。

業平橋のそばにある船宿に行った。川に船が何艘《そう》ももやってあり、船頭が船を掃除していた。

編笠《あみがさ》をとり、剣一郎は土間に入った。

「青柳さまでは」

女将《おかみ》が出てきた。

「うむ。ちとききたいのだが」

剣一郎は切り出し、

「四日前の朝、二十八、九歳の妖艶な感じの女がこなかったか」

と、きいた。

「ええ、いらっしゃいました」

「来たか」

剣一郎は大きく頷き、

「どこまで送ったか知りたい」

と、きいた。

「ちょっとお待ちください」

女将は土間を出て、船を掃除している若い男に声をかけた。

色の浅黒い男が船から上がってきた。

「四日前の朝、二十八、九歳の妖艶な感じの女を乗せたね。どこで下ろしたんだね」

女将がきいた。

男は剣一郎に目をやってから、

「仙台堀《せんだいぼり》にかかる亀久橋《かめひさ》近くの船着場です」

男は答えた。

剣一郎は男にきいた。

「下りたあと、どっちに歩いて行ったかわかるか」

「南です。永代寺のほうです」

「永代寺か……」

剣一郎は呟《つぶや》き、

「仕事の邪魔をした」

と、詫びてから船宿を出た。

「おくにはわざわざ遠回りをして追跡を欺《あざむ》こうとしましたが、まさか我らがここまで追いついてくるとは考えなかったでしょうね」

太助が声を弾《はず》ませた。

「青柳さまの読みが当たった」

剣一郎と太助は横川沿いを深川に向かった。

竪川《たてかわ》を越え、さらに川沿いを行き、小名木《おなぎ》川を過ぎ、仙台堀にかかる亀久橋にやってきた。

船頭の言うように、南に向かう。

三十三間堂《さんじゆうさんげんどう》の前を過ぎ、富岡八幡宮の前に出る。永代寺門前町を歩いてみたが、おくにが人通りが多い場所に住むとは考えにくく、途中から戻って木場《きば》のほうに向かった。

やがて、材木置き場があちこちに見える。差しかかったのは入船町だ。すぐ近くに堤があり、その向こうは海で、潮干狩りで有名だ。洲崎《すさき》弁天もある。

風光明媚な場所だ。妾宅らしい小粋な家が何軒かあった。

剣一郎は自身番に顔を出した。

「つかぬことをきくが、この町内で二十八、九歳の妖艶な美人を見かけたことはないか」

と、剣一郎はおくにの特徴を口にした。

「ありますぜ」

奥にいた店番の者が答えた。

「どこに住んでいるのだ？」

「堤に近いところのこじゃれたしもたやです」

「名は？」

「確か、おりくさん。どなたかの囲い者でしょう」

「わかった」

剣一郎は礼を言い、自身番を出た。おりくは偽名だろう。

そこに行ってみると、黒板塀に囲われた格子造りの家があった。

「太助、訪ねてみてくれ」

剣一郎は言う。

「わかりました」

太助は格子戸を開けて中に声をかけた。

家人が出てきたのか、太助は土間に入った。剣一郎は格子戸に近付き、聞き耳を立てた。太助の声が聞こえる。

「おくにさん。お久しぶりです。猫の蚤《のみ》取りの太助です」

やはり、おくにだったようだ。

「何か勘違いしてやいないかえ。私はおくにじゃありませんよ」

「おくにさん。勘違いなんかしちゃいません。そうそう、おくにさんの猫、あるお方に引き取られ、元気に過ごしているようです」

「……どうしてここに？」

おくにが厳しい声できいた。

「じつは南町の青柳さまといっしょでして」

「青柳さま」

おくにが驚いたような声を上げた。

それを潮に、剣一郎は格子戸の陰から姿を現わした。

おくにがあっと叫んだ。

「南町与力の青柳剣一郎である」

剣一郎は名乗った。

「おくにだな。またの名を、木枯らしお銀」

おくには顔色を変えた。

「そなたに話がある」

剣一郎は言う。

「どうぞ、お上がりください」

おくには覚悟を決めたように言った。

剣一郎と太助は内庭に面した部屋に通された。

「今、お茶をいれます」

おくにが言うのを、

「構わぬ」

と、剣一郎は声をかけた。

「太助、京之進を呼んでくるのだ」

剣一郎は命じた。

「わかりました」

太助はすぐに家を飛び出して行った。

「呼びに行ったのは定町廻《じょうまちまわ》り同心《どうしん》だ」

剣一郎は告げた。

「…………」

おくには大きく溜め息をついた。

「和助こと隙間風の又蔵の死、そして神田佐久間町にある薪炭《しんたん》問屋『大嶋屋』の主人伊右衛門の死についての調べは定町廻りの植村京之進が行なう。わしは、別のことを尋ねたい」

剣一郎は切り出し、

「一つ目弁天裏の家で和助こと又蔵の死を確めたあと、そなたは駕籠に乗って両国橋を渡った。間違いないか」

「…………」

おくには押し黙っている。

「答えたくないか。まあいい」

剣一郎は無視して続ける。

「両国橋を渡ったあと、そなたは浜尾藩飯田家の紋の入った乗物を見つけ、駕籠かきにその乗物に近づくように言ったそうだな」

「…………」

おくには口を開こうとしない。

「乗物の引き戸が開いていて、中の人物の顔が見えた。そなたはそれで駕籠を近づけさせた。乗物に乗っていたのは浜尾藩飯田家の次席家老風見貞之介さまだ」

剣一郎ははっきり口にし、

「そなたは、風見貞之介さまを知っていたのだ。どうだ?」

と、迫った。

おくには苦しそうに居住まいを正した。

「風見さまは駕籠のそなたを見て天地がひっくり返るような驚きに見舞われたそうだ。なぜなら」

「お待ちください」

おくにが制し、

「私に関係のない話を聞かされても困ります」

と、抗議した。

「関係ない話だと言うのか」

「はい」

「では、なぜ、駕籠を近づけさせた？」

「立派な乗物に乗っているのはどんなお武家さまか、見てみたいと思っただけ。単なる興味です」

「しかし、風見さまはそなたを見て驚いているのだ。なぜだ？」

「そんなこと、わかりません」

「風見さまが驚いたのは、そなたが死んだはずの女だからだ」

「………」

おくには目を剝いた。

「風見さまには美保どのという許嫁がいたそうだ。風見さまが江戸に出府《しゆつぷ》されている間に、家が火事になって美保どのは焼死したそうだ」

おくには俯《うつむ》いている。

「知らせを受けて、風見さまは急遽《きゆうきよ》国許に帰った。すでに、葬式も済んでおり、墓で対面するしかなかったということだ」

「………」

おくには苦しげに顔をしかめた。

「今回、あるお役目のために、風見さまは火事のあとはじめて伊勢守さまの出府とともに江戸に来た。今年は美保どのの十三回忌に当たり、風見さまは先日、ひとりで本郷の寺で法要をした」

微《かす》かに嗚咽《おえつ》が漏れ、あわてておくには口元を手で押さえた。

「それなのに、美保どのと瓜《うり》二つの女子に出会ったのだ。風見さまの驚きはいかばかりか。いや、驚き以上に混乱している。十二年前に何があったのか」

剣一郎は穏やかに声をかける。

「そなたは美保どのだな」

「違います。そんなひとは知りません」

おくにはかぶりを振る。

「美保どのは火事で焼死したという。その火事で何があったのか教えてもらいたい。どんな企みがあったのかを」

剣一郎は問い質す。

「何のことかわかりません。私は美保ではありませんから」

おくには頑《かたく》なに否定した。

「風見さまはそなたに会いたがっているのだ」

「…………」

「駕籠の女を見つけ出して、連れてくるように頼まれているのだ」

剣一郎は言い、

「そなたはどうだ？」

と、きいた。

「今なら、上屋敷に連れて行くことも出来る。町廻りの手に渡ったら、そなたは大番屋に連れていかれる。すると、風見さまとの対面は大番屋でということになるが」

「待ってください」

おくには泣きそうな顔で、

「見ず知らずのお方に会いたくはありません」

「風見さまは会いたがっている」

「お願いです。私はほんとうにその女じゃないんです」

「おくに」

剣一郎は厳しい声を出した。

「和助こと隙間風の又蔵の死、そして『大嶋屋』の主人伊右衛門の死について、さらには木枯らしお銀として東海道の宿場を荒らし回った件など、取調べることがたくさんある。そなたは、間違いなく小伝馬町《こでんまちょう》の牢送りになる。そうしたら、二度と風見さまに会うことは叶わぬ」

剣一郎は諭《さと》した。

「このままでは、そなたも風見さまも悔いを残すことになる。風見さまと再会し、何があったのか正直に話すのだ」

「…………」

おくには首《こうべ》を垂れた。が、すぐに顔を上げた。

「正直に申します。私は浜尾藩のご城下にある料理屋で働いていました。そこで、あるお侍さまと一夜を共にしました。そのお方が仰るには、私がそのお方の許嫁によく似ていたそうです」

おくには続ける。

「私はそのお方に惹かれていました。でも、許嫁のいる身。それでなくとも、身分違いです。私はそのお方を忘れるためにご城下を出ました」

「自分の許嫁にそっくりな女子を、男が求めると思うか」

剣一郎は鋭く言う。

しかし、おくにはそのことに答えず、

「あのとき、乗物の引き戸が開いて、ふとあのお侍さまらしきお顔が見えたのです。あのお侍さまが江戸にいるはずはないと思いながら、つい確かめようと駕籠を近づけさせたのです。それが間違いのもとでした」

と喉《のど》をつまらせながら言い、さらに付け加えた。

「こんな女が現われたのでは、あのお方に迷惑なはずです」

「風見さまはそのようなことを口にしてはおらぬ」

おくにが懸命に言い逃れようとする姿を哀れむように、剣一郎は言う。

「許嫁以外の女と情を結んだことを隠したいからです」

おくには言い張った。

「それならそれでいい。だが、風見さまはそなたに会いたがっている。会うのだ」

剣一郎は強く言う。

「会えません」

そのとき、格子戸が開き、太助に続いて京之進が部屋に入ってきた。

「待っていた。おくにだ」

剣一郎は口にした。

おくには俯いている。

「おくに、大番屋まで来てもらおうか」

京之進は近づいて言う。

「京之進、まず、ここでそなたの取調べをしてもらいたい」

「ここでですか」

京之進は不審そうにきいた。

「おくには拒んでいるが、風見貞之介さまに引き合わせたいのだ。それから大番屋に」

「わかりました」

京之進は察したように応じた。

それから、京之進はおくにの前に座った。

三

京之進の取調べがはじまった。剣一郎はそばでやりとりを聞いた。

「まず、尋ねる。神田佐久間町にある薪炭問屋『大嶋屋』の主人伊右衛門を手にかけたのはそのほうか」

　京之進が切り出した。

「はい。私が殺しました」

　おくには素直に自白した。

「なぜだ？」

「お店からお金が引き出せなくなったと言っていたんです。金がないなら、私は別れますと言ったら逆上して。あのままなら、私のほうが殺されると思って」

「喉を搔き切ったのはなぜだ？」

「そのほうが確実に、楽に死なせられると思ったからです」

「殺した夜は、あの家で死体とともに過ごしたのか」

　京之進は顔をしかめてきく。

「ええ」

「薄気味悪くなかったのか」

「別の部屋にいましたから」

「同じ屋根の下ではないか」

「何とも感じませんでした」

おくには平然と言う。

「そこからどこに行ったのだ？」

「深川の入船町の家です」

「なに、伊右衛門の世話を受けながら、別の男の世話を受けていたのか」

京之進は呆れたようにきく。

「前々から請われていたんです。家も用意したと聞いたので、『大嶋屋』の旦那に別れ話を持ちだしたんです」

「今の旦那は誰だ？」

「迷惑がかかりますから」

「調べれば、すぐわかることだ」

「申し訳ございません。私の口からは言えません」

「つまらないことに義理堅いのだな」

京之進は冷笑を浮かべた。

「伊右衛門の前に世話を受けていた旦那がいたな？　『中丸屋』の旦那だ」

「はい」

「医者に手をまわし、心ノ臓の発作ということにしたが、ほんとうはそなたが何かしたのではないか」

「寝ているところを盆《ぼん》の窪《くぼ》に千枚通しを突き刺しました」

「やはり金か」

「はい。手切れ金を要求したら、旦那は……」

おくには隠そうとせず、正直に語っている。

おくにはすでに覚悟が出来ているのだと、剣一郎は思った。貞之介と会うことを決心したからか。

「なぜ、そんなに金が必要だったのだ?」

「それが生きる目的だったから」

おくには言う。

「生きる目的? 贅沢《ぜいたく》がしたかったのか」

「金を手に入れたい。それだけです」

剣一郎は胸が塞《ふさ》がれる思いがした。

貞之介と別れ、おくにこと美保は生きる目標を失っていた。そんな中で、金を手に入れるという目的を見つけたのだ。

それが隙間風の又蔵との出会いであろう。

「次は和助のことだ」

京之進はおくにを睨みつけるように見て、

「和助とはどういう関係だ？」

と、きいた。

「和助さんは隙間風の又蔵といい、東海道を荒らし回っていた盗賊です。たまま、浜松で又蔵さんと出会い、そのうちに私もいっしょになって盗みをするようになったのです」

「木枯らしお銀と名乗ってだな」

「そうです」

おくにはすらすら答える。

「ふたりでかなり稼いだのか」

「ええ、面白いほどに」

おくには含み笑いをした。

「ふたりはどういう仲だ？　夫婦か」

「違います。父娘のようなものです」

「父娘か」

京之進は呟き、

「和助も喉を掻き切られていた。そなたの仕業か」

と、きいた。

「そうです」

「なぜ？」

「自分が生きていると、私の足手まといになると、常々言っていました。奉行所に目をつけられたこともあり、死ぬ決心をしたのです」

おくにはしんみり言う。

「その手助けをしたというわけか」

「はい」

「思い止《とど》まらせようとはしなかったのか」

「あんな体ですし、生きていても楽しくないでしょうから。本人もそう言ってましたし、私の手にかかって死ねるのはうれしいとも」

悪びれることなく、おくには言う。

「和助を殺したあと、線香を上げてから家を出た。そして、駕籠に乗ったのだな」

「はい」

「なぜ、駕籠を乗り継ぎ、大回りをしたのだ？」

京之進がきいた。

「和助さんが忠告してくれたのです。自分の亡骸が見つかれば、当然、私に疑いの目がいき、足取りを調べられると。だから、別の場所に導いてやろうとしたんです」

「三ノ輪で二度目の駕籠をおりてどこに行ったのか」

「橋場です」

「橋場ではどこに泊まったのだ？」

京之進は迫るようにきいた。

「同じ身の上の女の家です」

「同じ身の上？」

「ええ。妾ですよ」

おくには続けた。

「観音さまにお参りをしたとき、ある大店《おおだな》の妾とたまたま知り合ったんです。その妾宅に世話になりました」

「その妾の名は？」

「いえ、迷惑がかかりますから」

おくには拒絶した。

「何の疑いもなく、泊めてくれたのか」

「そうです」

「我らはあの近辺の妾宅を訪ねたが……」

「ふつうのしもたやですから。誰もが、こじゃれた家に住んでいるわけではありませんん」

「それはそうだ」

京之進は忌《い》ま忌ましげに言う。

「ところで、駕籠で両国橋を渡ってから浜尾藩飯田家の紋所の入った乗物といっしょになった。そなたは駕籠を乗物に近づけさせたが、なぜだ？」

「浜尾藩に知ったお方がいるんです。そのお方かと思って……」

「誰だ？」

京之進がきくと、おくには剣一郎に顔を向けた。

「先ほども、青柳さまにお答えしましたが、浜尾藩のご城下にある料理屋で働いていたときに親しくなったお侍さんです」

おくにはもう一度同じ作り話をした。

「で、どうだったのだ？」

「はい、あのときのお侍でした」

おくには言ってから、

「私はそのお侍さまに惹かれていましたが、身分違いということもあって、叶わぬ恋でした。その傷心からご城下を出たのです」

おくには問われるままに語った。

「浜尾藩の領内を出て大坂に行きました。あるお方の世話で、ある商家の若旦那のところに嫁ぎました。でも、務まらず、一年足らずで家出をしたんです」

「なぜだ？」

「商家の若内儀《おかみ》なんて、私の性《しよう》に合っていなかったんです」

おくには自嘲ぎみに言う。

「そのお侍のことが忘れられなかったのではないか」

京之進がきく。

「そうかもしれません」

おくには俯いて言い、

「それから流れ流れて浜松で又蔵さんと出会ったのです」

「又蔵との出会いによって、そなたは道を逸《そ》れたのか」

京之進は決めつける。

「道を逸れたとは思っていません。私の新しい生き方でしたから」

おくには厳しい表情になった。

貞之介とのことを忘れるために、おくにはひとの金を盗むという刺激を求めたのであろうと、剣一郎は思った。

「ついでにきくが、木枯らしお銀がひとを殺したという話があるが？」

京之進が確かめるようにきいた。

「仕方なかったんです」

「殺しをしたことがあったのか」

「ええ。山中で襲いかかってきたごろつきを殺したのが最初で、その後、何人か手にかけています」

おくには落ち着いた声で答える。

「ひとを殺して心が痛まなかったか」

「死んでもいいようなろくでもない男しか殺していません」

おくには言ってから、

「もうそのころは、私はひとの心を失くしていましたから」

と、自嘲ぎみに口元を歪《ゆが》めた。

「ひとの心を失くしたそなたが、なぜ、今素直に告白をしているのだ？」

京之進は畳みかける。

「たぶん」

おくには言いよどんだ。

「たぶん、なんだ？」

京之進がきく。

「いえ、わかりません」

あわてて、おくには否定した。

「わからない？　なぜ、今素直に告白をしているのかわからないということか」

「そうです。ただ、こうして捕らわれの身になったからかもしれません。もう、私は終わりましたから」

「終わった？」

「ええ、ひとを何人も殺しているんです。死罪でしょう」

おくには冷笑を浮かべた。

「その自覚はあるのだな」

「ええ、木枯らしお銀になったときから、いつかこういう日がくることは覚悟していました。又蔵さんからも、いざというときは潔《いさぎよ》くと言われていました」

京之進が剣一郎に顔を向けた。きくべきことは終わったようだ。

剣一郎は頷き、改めておくにの前に進んだ。

「おくに、そなたはもう終わったと言っていたが、まだやるべきことが残っている」

剣一郎は鋭く言う。

「…………」

「わかるな。風見貞之介さまのことだ。真実を明かさぬまま、終わりには出来ぬはずだ。風見さまを生涯にわたって苦しめ続けることになる。まさか、それが狙いではあるまい?」

おくには黙ったまま首を横に振った。

「風見さまは、そなたの顔を見て、美保どのではないかと思った。なぜ、死んだはずの美保どのがという疑問を当然抱《いだ》く。風見さまは美保どのの亡骸を見ていない。そういったことから、美保どのが死んだことにして自分の前から姿を消したと悟った。今になって、貞之介さまはいろいろな疑念を抱いて苦しんでおる」

剣一郎はおくにの顔を見つめ、

「そなたの最後の仕事は、あの火事に隠された秘密を風見貞之介さまに明かすことだ」

「秘密はありません。さっき申し上げましたように、私は料理屋で働いていたとき……」

「おくに。風見さまの許嫁の美保どのは火事で死んだことになっているのだ。そなたの弁明では、何も解決出来ていない」

剣一郎は厳しく訴える。

「好きな男の出世のために、そなたは自分を死んだことにして風見さまから去った。おそらく、ある人物から説き伏せられたのであろう。その代償として用意されていたのは、大坂の豪商の若旦那への嫁入りだった。だが、好きな男のことが忘れられず、嫁ぎ先で新しい自分を見つけ出すことは出来なかった」

剣一郎は言い切る。

「一年後に婚家を飛び出したのは、好きな男が次席家老の家に婿養子に入ったという話を風が運んできたからではないか。それからは風見さまを忘れるために生きていただけだ。そなたは生きる屍《しかばね》だった。そんなときに現われたのが隙間風の又蔵だった。そなたは過去を忘れるためにあえて悪事に走った……」

おくには俯いたままだ。

「だが、ここにきて、運命のいたずらか、木枯らしお銀は好きな男と再会したのだ。いや、そなたのほうから顔をさらけ出したのだ。ほんとうは風見さまに会いたかったのではないか」

そう言った瞬間、おくにの体がぴくりとした。

「おくに、もう正直に言うのだ」

剣一郎は穏やかに言う。

おくには長い間苦しそうに顔を歪めていたが、やっと喘《あえ》ぐように口を開いた。

「わかりました」

おくには心を鎮めるように深呼吸してから、

「私は美保です」

と、打ち明けた。

「おくに」

剣一郎が声をかけた。

「はい」

おくには顔を剣一郎に向けた。

「そなたは、浜尾藩飯田家の次席家老風見貞之介さまの許嫁だった村瀬美保どのであることを認めるのか」

「認めます」

「しかし、そなたの言葉だけでは本物の美保どのであるかどうかわからぬ。何か美保どのだという証《あかし》はないか」

「そんなものありません」

「ふた親の名は？　きょうだいは何人だ？」

おくには親の名を口にし、弟がひとりいると言った。

「わかった。そなたは美保どのに間違いない」

剣一郎は言い切り、

「真実を話してくれるか」

と、促《うなが》した。

「あるとき、私はある場所に呼ばれました。そこに先代の次席家老風見重吾さまがいらっしゃいました」

　おくにこと美保は息苦しいのか胸に手をやって、

「ご家老は貞之介さまがいかに有能で、藩にとって重要な人物であるかを私に力説しました。貞之介さまが考えた藩政改革や財政改革を実現できれば、藩にとって大きな利益になる。そのためには貞之介さまを重要な役職に就《つ》けねばならぬと。だから、身を引いてくれと頭を下げられました」

　と、喘ぐように言った。

「もちろん、私は拒みました。貞之介さまと別れるなんて考えられません。貞之介さまも同じだったはずです。仮に私が別れるといっても、貞之介さまは承知しないはずです。私を捨てて出世を選ぶお方ではないことはわかっていました」

「しかし、結局は承知した。説得に負けたのか」

「それもあります。貞之介さまに大きな仕事をさせたいという気持ちはありましたから。でも、それ以上に大きかったのは、父と母までが私に身を引くようにと泣いて訴えたことでした」

　おくには目尻を拭《ぬぐ》い、

「父と母はおまえが身を引いてくれたら弟を引き立ててもらえる。徒士という低い身分から抜け出すことが出来ると、連日のように説得されて、とうとう承諾してしまいました」

と、喉を詰まらせた。

「風見さまはそなたを裏切り、出世のために家老の娘を選んだというわけではないのだな」

剣一郎は確かめるように言った。

「貞之介さまはそのようなお方ではありません」

おくには強い口調で言った。

「死んだことにするのは、そなたも承知したのか」

「はい。私が死なない限り、貞之介さまは私を忘れることはないはずですから」

「それほどの自信があったのか」

「はい。私たちの結びつきはそれほど深いものでした」

おくにははっきり言った。

「火事の真相は？」

「貞之介さまが江戸に発たれたあと、しばらくして私は大坂に出ました。ご家老さまが手配なさったある商人の家に。その数日後に、家が火事になって私が死んだことになったのです」

「火事のとき、そなたはすでに家を出たあとだったのか」

剣一郎は目を細め、

「で、あの火事で身代わりに死んだのは誰だ？」

と、きいた。

「わかりません。父の話では処刑の決まった罪人を身代わりにするとご家老から聞いたそうですが、実際は誰だったのかわかりません」

おくには息継ぎをし、

「もしかしたら、誰もいなかったのかもしれません。棺桶《かんおけ》の中は石ころだったのかも。貞之介さまがいないのですから、父と母はなんとでも言い逃れ出来たと思います」

「なるほど」

「私はその後に、若旦那のところに……。でも、一年が限界でした」

「覚悟して身を引いたはずなのに、風見さまのことが忘れられなかったのか」

剣一郎は鋭くきく。

「はい」

おくには答えた。

「おくに、いや、美保どのか」

剣一郎は口調を改め、

「このまま済ませてしまっては、風見さまは一生あれこれ思い悩み、苦しむことになる。そなたは風見さまに会って、十二年前に何があったか説明するのだ」

と、諭す。

「そなたも会いたいはずだ。今生《こんじょう》の別れになる」

おくにも自分が死罪を免《まぬが》れないことは当然知っているはずだ。

「わかりました」

おくには答えたあと、

「ご家老さまに説き伏せられたと話して、あとで差し障りはないでしょうか。貞之介さまはかえって苦しむのではないでしょうか」

と、懸念を示した。

「じつは、わしもそう思っている。そこでわしの考えだが」

剣一郎はあることを口にした。おくには真顔で聞いていた。

四

翌日の昼下がり、貞之介は下城した伊勢守とふたりきりで会った。

「殿。例の件、いかがなりましょうか」

貞之介は口にした。

「うむ」

伊勢守は曖昧《あいまい》に頷く。まだ、決心がついていないのだ。

「あまり長引かせては、殿が竹丸ぎみを世継ぎにしようとしていることが家中に知れ渡り、そうなると、殿の歓心を買おうとする者が勝手に動き出しかねません」

貞之介は暗に筆頭家老の川田利兵衛のことを指して言い、

「早く殿の考えを明確にしていただき、その考えを持って私は国許に帰り、ことの決着を図りたいと思います」

と、訴えた。

「竹丸を元昌のもとに預けることは出来ぬ。登代は竹丸を手放すことはしない」

「そうですか。それでは、将来、藩主になっている元昌ぎみは竹丸ぎみを後継にすることに難色を示すでしょう。また後継問題で荒れることになります」

貞之介は溜め息をつき、

「では、殿の隠居の件は？」

と、続けてきいた。

「もうしばらく、藩主としてやらねばならぬことがある」

「もうしばらくとは？」

「もうしばらくだ」

「一年でしょうか、二年でしょうか。それとも三年……」

「…………」

「殿。いかがでしょうか」

「よいか、竹丸を後継にすることで、登代の実家からそれなりの援助が期待出来る」

なおも、竹丸のことにこだわっている。

貞之介は落胆《らくたん》し、

「それで、わが藩が安泰となりましょうか」

と、疑問を投げかける。

「『海原屋』は確かに豪商ですが、万が一、『海原屋』の商売が傾いたらどうなりますか。藩への援助どころではなくなります。また、『海原屋』は金を出していることで、何かと藩政に口出しをしてくるかもしれません。断ることは出来るでしょうか」

貞之介は伊勢守の顔をじっと見つめ、

「ひとつのところに頼っていては、藩の運営はあやういと言わざるを得ません」

と、指摘する。

「他に何か手があるのか」

「小網町三丁目に『江差屋』という海産物問屋があります。本店《ほんだな》が蝦夷地の松前にあり、鮭《さけ》、こんぶなどの海産物を取り扱っております。松前の本店は回船問屋も兼ねており、また北前船を何艘も持っています」

貞之介は元昌に説明したことを話した。

「浜尾藩領内にある港を北前船の寄港地とすれば、浜尾藩の産物である織物や果物の梨《なし》などを北前船に載せ、代わりに鮭、こんぶなどの海産物を我が領内に。そして、そこから各地に売りさばくことが出来ます」

貞之介はさらに続ける。

「港に北前船が着くようになれば船頭などのひとの出入りも増え、港の周辺に旅籠も出来、呑み屋も集まり、活況を呈《てい》するようになりましょう」

伊勢守は目を輝かせた。

「いつそのようなことを？」

「前々から考えており、配下の者を使いにして『江差屋』の主人浪右衛門どのと交渉してまいりました。この考えについては、以前にも殿にお話をしたことがございます」

「聞いたような気もするが、夢物語のように聞き流していたかもしれぬ。そうか、着実に実現に向けて動いていたのか」

「今回、江戸にきたついでに、浪右衛門どのにお会いし、両者の利害の一致をみました。この件について、元昌ぎみが先日浪右衛門どのとお会いになりました」

「なんと」

「私が独断で進めてきましたが、実現の手応えが出来てから殿のご判断を仰ごうと思っておりました。殿のお許しが出れば、具体的に動き出します」

「なぜ、元昌に……」

伊勢守は複雑そうな顔をした。

「浪右衛門どのが次期藩主どのに会いたいと申しておりましたので」

「なぜだ?」

「浪右衛門どのも商人です。殿のことは噂《うわさ》に聞いてわかっておられますから安心しておりますが、問題は次の代だと。長く続けられるかどうかを世継ぎを見て判断しようとしていたのだと思います」

貞之介は偽りを交えて言い、

「『江差屋』ほどの豪商であれば大名並に隠密《おんみつ》を派遣して、密かに浜尾藩領内も調べあげています。もし、世継ぎ問題でもめていることが『江差屋』の浪右衛門どのの耳に入ったら、この話は流れましょう」

「そなたという男は……」

伊勢守は苦い顔をした。

「お気に障りましたらお許しください」

「いや。忌《い》ま忌ましいが、たいした男だ。風見重吾が婿養子にしただけのことはある」

「恐れ入ります」

「わしが、それでも竹丸を後継にすると言いだしたら、そなたは家老職を辞すると言いだしかねないな。そうなれば、『江差屋』の件もなかったことになるのであろう」

「いえ。元昌ぎみがいらっしゃれば……」

「元昌にどこまで出来ようか。そなたがいなければだめなことはわかっている」

伊勢守はようやく口元を綻《ほころ》ばせ、

「そなたには負けた」

と、いきなり口にした。

「竹丸の件は引っ込める。なかったことにする」

「まことですか」

貞之介は身を乗り出してきいた。

「まことだ。わしもつい惑わされ、冷静な判断力を失っていた」

「ひょっとして、あるお方から元昌ぎみの悪い噂をお聞きになったのでは？」

貞之介は想像してきいた。あるお方とは筆頭家老川田利兵衛のことだ。川田は側室登代の方の実家である『海原屋』から財政援助が期待出来ると考え、竹丸擁立に向かったと考えている。

「そうなのですね」

「うむ」

伊勢守は厳しい顔で頷く。

「だが、わしがいけないのだ。何ごとにも惑わされない確固たるものを持っていれば、付け入る隙を与えなかったのだ」

「ご安心ください。そのお方を責めようとは思いません」

「頼む。よけいな揉《も》め事はもうたくさんだ」

「はっ」

「それから、わしの隠居の時期だが、元昌が無事に『江差屋』の件を軌道に乗せた暁《あかつき》に家督《かとく》を譲ろう」

「殿」

「何も言うな。近々、元昌に会おう」

「ありがとうございます」

貞之介は頭を下げた。

「それにしても、何度も言うようだが、風見重吾のひとを見る目は正しかった。重吾はそなたが婿になると決まったとき、わしにこう言った。あの男はきっと我が藩を救う存在になると」

伊勢守は感心したように言ったが、貞之介は胸が騒いだ。

風見重吾は美保を自分から引き離した男だ。美保を死んだことにするという陰湿な企みを考えたのだ。

そのことが事実だとしたら……。美保の犠牲の上に今の自分がある。果たして、真実は何か。

明日、美保と会うことになった。駕籠の女が見つかったと剣一郎から使いがきたのだ。

貞之介は伊勢守の前から下がった。


その夜、御留守居役《おるすいやく》の柴谷文之助が家老屋敷にやってきた。

「殿は竹丸ぎみを世継ぎにする考えを引っ込めたようですな」

差し向かいになり、柴谷はいきなり言った。

「はい。わかっていただけました」

「いや、さすが風見どのでござる。これで、ことは穏便に済みそうで安堵《あんど》いたしました」

柴谷は口元を綻ばせたが、急に厳しい顔になって、

「頼まれていた件、南町奉行所内与力の長谷川四郎兵衛どのから話を聞いてきました」

と、切り出した。

「そうですか」

貞之介は大きく息を吐き、柴谷の顔を見た。

「南町が追っている女はおくにといい、ある商家の旦那の妾だったそうですが、その旦那を殺して姿を晦ましていたそうです」

「殺し……」

貞之介は啞然《あぜん》とした。

「その前に世話になっていた旦那も手にかけた疑いがあるそうで、さらに隙間風の又蔵という盗賊の死に……」

柴谷の声が途中で耳に入らなくなった。

嘘《うそ》だ。何かの間違いだと、貞之介はうめき声を発した。

「風見どの、だいじょうぶですか」

柴谷が驚いてきいた。

「ええ。どうか、続きを」

貞之介は先を促す。

「おくにという女は隙間風の又蔵とつるんで東海道沿いを荒し回っていた女盗賊で、木枯らしお銀と名乗っていたそうです」

「木枯らしお銀……」

貞之介は何もかもが美保と重ならない。やはり、あの女は美保ではないのか。いや、風見重吾から死んだことにして身を引けと強要されたとしたら、美保の心はずたずたに引き裂かれ、まったくの別人に化したのかもしれない。

そうだとしたら、自分は美保にどう詫びて、どう償うべきか。風見重吾に代わって、貞之介はすべての責任を負う覚悟を固めていた。

五

翌日の朝、貞之介は本郷三丁目にある善行寺の山門をくぐり、本堂の脇の丘を登ったところにある小さな庵に向かった。

青空が広がり、葉を落とした庭の木々が空《から》っ風に小枝を揺らしていた。

庵の前に、青柳剣一郎が待っていた。

「風見さま。中でお待ちです」

「青柳どの。かたじけない」

貞之介は頭を下げた。

「私は本堂のほうにおります。半刻《はんとき》（一時間）後に参ります」

剣一郎は言い、本堂のほうに向かった。

貞之介は庵に入り、奥の部屋に足を向けた。

襖《ふすま》の前に立ち止まり、大きく深呼吸をした。緊張から体が固まっている。中に聞こえるように咳《せき》払いをし、襖に手をかけた。しかし、手が動かなかった。さまざまな思いが去来した。

襖を開けると、ひとりの女が低頭して迎えた。一瞬目の眩《くら》む思いがした。取り乱すまいと、下腹に力を込め、貞之介はその女の前に腰を下ろした。

まだ、女は畳に手をつき、頭を下げたままだ。

「お顔を」

貞之介は顔を上げるように言った。

「はい」

小さく頷き、女はゆっくり顔を上げた。

「お懐《なつ》かしゅうございます」

「美保」

十二年の歳月があるが、少しも変わらない顔だちだ。貞之介は胸の底から突き上げてくるものがあり、あとに続く言葉が発せられなかった。

「立派におなりになられて、美保もうれしゅうございます」

美保が口にした。

「十二年前、江戸に出ているとき、そなたが火事で死んだと知らされた。急いで国許に帰ったが、すでに葬式は終わっていた」

貞之介は溜め息混じりに言った。

「あとを追いたかった。だが、藩の改革のためにそれも出来なかった。そんな中で、風見重吾さまから改めて婿になるよう請われたのだ」

美保は俯いて肩を震わせている。

「まさか、そなたが生きていたとは」

貞之介は呻《うめ》くように言い、

「なぜだ。十二年前に何があったのだ?」

と、叫んだ。

「いや、聞かずともわかっている。次席家老風見重吾さまだ。あのお方がそなたを追い込んだのだな」

美保は口を開きかけた。

が、貞之介は続けた。

「好きな男の出世のために身を引くのだと強引に説き伏せられたのであろう。なぜ、そなたは受け入れてしまったのだ?」

貞之介は膝《ひざ》を進め、

「私が出世を望む男と思っていたのか。好きな女子より出世をとると……」

と、悔しそうに言う。

「違います。私は貞之介さまの思いをしっかりと受け止めておりました」

「ならば、なぜ……」

貞之介は胸が張り裂けそうになった。

「私は……」

美保は喘ぐように言う。

「貞之介さまの妻になる。そう信じていました。貧しい暮らしでも、貞之介さまといっしょなら負けない。いつか、ふたりの間に子が生まれ、親子がつましくも仕合わせに暮らしていく。そんな姿を思い描いていました」

「私もだ。そなたを嫁に出来る自分を仕合わせに思っていた。それなのに、なぜ、それが出来なかった？　なぜ、私の出世を選んだのだ？」

貞之介は胸をえぐられる思いできいた。

「私のせいなのです。私がいけなかったのです」

美保は目に涙をためて言う。

「何がいけないのだ。みな、風見重吾さまが……」

「違います」

美保はきっぱり言い、

「貞之介さまが江戸に行って留守のとき、夜中に男が私の部屋に押し入ってきたのです」

「………」

貞之介は耳を疑った。とっさに理解出来なかった。

「男は匕首《あいくち》で脅《おど》し、私を手込めにしようと襲ってきたのです。私は抵抗しました。揉み合っていて、気がついたとき、私は匕首を奪っていました。そして、そこに血が……。目の前で男が腹を押さえて呻いていました」

「信じられぬ」

「ほんとうです。そこに父と母が駆けつけ、現場を見て驚愕していました。そのとき、すでに男は息絶えていました」

「………」

貞之介は言葉を失っていた。

「父は上役《うわやく》に相談に行きました。上役とどんな話になったのか、戻ってきた父は私が死んだことにすると言いだしたのです」

美保は続ける。

「おそらく、家を守るため、そして弟の将来のためでしょう。私はその日のうちに、父の知り合いの家に匿ってもらいました。その夜半に村瀬の家から火が出たのです」

「………」

「黒こげになった男の亡骸を私に仕立て、棺桶に入れて葬式を出したのです。私はそれから、大坂に行きました」

「今の話を信じろと言うのか」

貞之介は激しく言う。

「ほんとうのことです。どんな事情があろうが、ひとを殺《あや》めた私にはもはや貞之介さまの妻となる資格はありませんでした。ですから、死んだことにして貞之介さまから去ったのです」

「嘘だ」

貞之介は叫ぶ。

「仮に、男を殺したのは事実だとしよう。だが、そんなことで私がそなたを拒むわけがない。そのことはわかっていたはずだ」

「そのまま、私が貞之介さまの妻となったらどうなりますか。将来、あの男の妻女はひとを殺したことがあるという噂が立つかもしれません」

「そんな噂がなんだ。身を守ろうとしただけではないか」

貞之介は吐き捨てるように言う。

「確かに、貞之介さまは変わらず私を慈《いつく》しんでくれたでしょう。でも、私は負い目を抱えたまま、貞之介さまと共に過ごす自信がなかったのです」

「ばかな」

「お許しください。すべて、私が悪いのです」

美保は突っ伏して嗚咽を漏らした。

何を言っても虚《むな》しいだけだ。失った年月は戻ることはない。

ふと、美保が顔を上げた。

「最後に、貞之介さまとお会い出来て仕合わせでした。今度こそ、今生の別れになりましょう」

「何を言うか」

「いいえ」

美保は首を横に振った。貞之介ははっとした。表情に異様な翳《かげ》りが見えた。何かが憑《と》りついたように、きつい目になった。

「貞之介さま。今の私のほんとうの姿をご存じでしょうか」

美保は口にした。

「いや」

貞之介は知らない振りをした。

「木枯らしお銀です。十二年前、貞之介さまの前で、いつも小さな胸をときめかせていた女は、いつしか木枯らしお銀というふたつ名の女盗賊に姿を変えていました」

「美保……」

貞之介はあとの言葉が続かなかった。

「隙間風の又蔵という盗人《ぬすつと》と手を組み、ひとさまのお金を盗むことに喜びを覚え、ひと殺しをしたこともあります」

貞之介は谷底に突き落とされたような衝撃を受けた。

「あなたさまを忘れ、なんとか生きていくためには、それしか私には道がなかったのです。私を待っているのは死罪です」

「なんということだ」

貞之介は胸がつかえ、口を喘がせ、

「そなたをそこまで追い込んだのは私だ」

と、叫ぶように言った。

「違います。すべて、私の……」

美保は声を詰まらせ、

「駕籠から浜尾藩の紋の入った乗物を見かけたとき、何かに導かれるように乗物に近付かせました。そこに貞之介さまのお顔を見たとき、私は夢かと思い、胸が一杯に……。でも、貞之介さまに気づかれていたなんて。なぜ、乗物を無視しなかったか、そのことを悔やみました。でも、今はあの出会いに感謝をしています。最後に、貞之介さまにこうしてお会い出来たのですから」

「美保」

貞之介は近寄り、美保の肩を抱き締めた。

「美保、そなたを一生守ると誓っておきながら、それが出来なかった、許してくれ」

「いえ。今のこの瞬間だけで、私は生きてきた喜びを感じています」

美保も顔を貞之介の胸に埋めて、呟くように言った。

「このまま死んでいきたい。あなたさまの腕の中で……」

美保はいずれ小伝馬町の牢屋敷で首を刎《は》ねられるのだ。そんな目に遭わせたくない。美保は最後まで貞之介を守ろうとしていた。十二年前の火事の話は美保の作り話だ。風見重吾が美保を説き伏せたのが真相だと、貞之介は思っている。

「こんな安らかな気持ちになったのはあの日以来はじめてです」

貞之介の胸の中で、美保は言う。貞之介は肩を抱く手に力を込めた。

「そなたのことは生涯忘れぬ」

貞之介は美保の体をそっと起こし、顔を見つめ、

「美保。さらばだ」

と言うやいなや、脇差を抜き、美保の胸元に突き刺した。

美保は軽く呻き、貞之介の胸元に倒れ込んだ。

貞之介は脇差を放り、美保の体をしっかりと抱き締めていた。


半刻（一時間）以上経った。まだ出てくる気配はない。

剣一郎は庵に入った。奥の部屋に行く。襖の前に立ったが、中から物音がしない。ふと、血の臭《にお》いがした。

剣一郎は襖を開けた。

貞之介は美保の体を両手でしっかり抱き締めていた。美保の体は人形のようにぴくりともしなかった。

貞之介の体の横に、刃に血糊《ちのり》のついた脇差が落ちていた。

剣一郎は事態を察した。が、あわてることはなかった。

そのまま部屋を出て、本堂の近くで待機している京之進のそばに行った。

「おくには死んだ」

「えっ」

剣一郎は事情を説明した。京之進は目を見開いて聞いていた。

わざと時をかけて、剣一郎は庵に戻った。

部屋に行くと、まだ貞之介は美保を抱き締めていた。

「風見さま」

剣一郎は声をかけた。

貞之介がはっとしたように顔を向けた。

「青柳どの」

貞之介は声を詰まらせ、

「どうせ死ぬ身なら、せめて私の手でと」

と、呟くように言った。

「ご心情、お察しいたします。勝手ながら、これでよかったと私は思います」

剣一郎は素直な気持ちを伝えた。

「青柳どの、かたじけない」

貞之介は頭を下げてから、

「美保を抱きながら、夢を見ておりました。美保と祝言《しゅうげん》を挙げ、狭い屋敷ながら、貧しくとも楽しい日々を送っていました」

と、口にした。

「それでは、私が声をかけて夢の邪魔をしてしまいましたか」

剣一郎は気にした。

「いえ、夢の中でふたりは老い、人生の最後を迎えようとしていました。美保と一生を共にしたような心持ちです。こんなに仕合わせな時を過ごせたのははじめてです。思い残すことはありません」

そう言い、貞之介は美保の体を横たえた。

「美保どのも笑っているように思えます。なんと穏やかな顔でしょう」

剣一郎は正直に感想を述べた。

「美保は最後まで私のためを思って……」

「風見さま。美保どのと最後のお別れをし、どうぞこのままお引き取りを。あとは我らにお任せください」

剣一郎は言い、

「ちゃんと葬式をし、お墓にという思いもありましょうが、残念ながら木枯らしお銀としてけりをつけねばなりません。美保どのは十二年前に亡くなっているのです」

「わかっております」

貞之介は頷き、脇差の血を懐紙《かいし》で拭ったあと、美保の黒髪の一部を切り落とした。そして、懐紙に包んで懐《ふところ》に納め、合掌《がっしょう》した。

「では」

貞之介はようやく立ち上がった。

「衣服の血をこれで」

剣一郎は水に濡らした手拭いを差し出した。

「かたじけない」

貞之介は手拭いを受け取った。

貞之介が乗物に乗って引き上げたあと、京之進が駆け込んできた。

京之進は手を合わせて、

「微笑《ほほえ》んでいるようですね」

と、美保の顔を見て呟いた。

「うむ。やっと最後に仕合わせを摑んだようだ」

剣一郎は胸を締めつけられながら呟いた。

「して、後始末は？」

京之進がきいた。

「毒婦の木枯らしお銀はこの寺に逃げ込んで自害したことにしよう。そのつもりで」

剣一郎が言うと、京之進は大きく頷いた。


半月後、剣一郎が奉行所から八丁堀の屋敷に帰ると、客人が待っていた。風見貞之介だった。

着替えを済ませ、剣一郎は客間に急いだ。

「これは、風見さま」

「青柳どの。このたびのこと、なんと礼を申し上げたらいいのか……」

貞之介は頭を低く下げた。

「どうか、顔をお上げください」

剣一郎は恐縮して言う。

「じつは近々、国許に帰ることとなりました。その挨拶《あいさつ》に参った次第」

「それはご丁寧《ていねい》に。では、お役目は無事に果たされて？」

「ええ、世継ぎの件も、伊勢守さまは世嗣《せいし》の元昌ぎみを見直され、改めて家督を譲ることを約束なさいました。この知らせを持って、国許に帰ります」

「美保どのも喜んでおられましょう」

剣一郎は目を細めた。

「美保は最後の最後まで私を守ってくれました。それもこれも、みな青柳どののおかげ。十二年前のあの火事の真相はひょっとして青柳どのが……」

「さあ、なんのことか」

剣一郎はとぼけた。

「美保の思いを受け入れ、美保の言葉をすべて信じることにしました。ただ」

貞之介は困惑した顔をし、

「国に帰ったあと、美保の親に伝えるべきかどうか。弟もおります」

と、口にした。

「美保どのは望まないでしょう」

剣一郎ははっきり言った。

「打ち明けても、よけいな苦しみを与えるだけです」

「そうですね。わかりました」

貞之介はほっとしたように、

「これですっきりいたしました。これからも御家のために尽力していきたいと思っております。まだまだ、やらねばならないことが山積しておりますゆえ」

と、決意を口にした。

貞之介が引き上げたあと、居間で太助から美保の死についてきかれた。

「青柳さま。ほんとうは風見さまが美保どのを殺すことを予期していたのではありませんか。ふたりを引き合わせた狙いは、そのこともあったのではないんですか」

「どうして、そう思う？」

剣一郎は目を細めてきいた。

「大番屋に連れていかず、入船町の家で美保どのをそのまま一晩留め置いたからです。青柳さまは美保どのが逃げないことをわかっていたからでは」

「なるほど」

「まだあります」

太助は身を乗り出し、

「美保どのが風見さまに刺されて死んだら、風見さまが殺したことになる。そのことを美保どのは恐れたはずですが」

「あとのことは心配するなと、わしが約束したと？」

「はい。いかがですか」

「………」

剣一郎は返答に詰まった。

そこに、多恵が入ってきた。

「これ、風見さまから頂いたお菓子です。いっしょにいただこうと思って」

「ありがたい」

剣一郎は思わず口にした。これで、太助との会話は終わりだ。ほっとしたものの、あのような幕引きが正しかったとは思っていない。しかし、風見貞之介の腕に抱かれて死んでいった美保の穏やかな顔が、今でも脳裏に焼きついている。

一〇〇字書評

切り取り線

購買動機（新聞、雑誌名を記入するか、あるいは○をつけてください）	
□（　　　　　　　　　　　　）の広告を見て	
□（　　　　　　　　　　　　）の書評を見て	
□ 知人のすすめで	□ タイトルに惹かれて
□ カバーが良かったから	□ 内容が面白そうだから
□ 好きな作家だから	□ 好きな分野の本だから

・最近、最も感銘を受けた作品名をお書き下さい

・あなたのお好きな作家名をお書き下さい

・その他、ご要望がありましたらお書き下さい

住所	〒				
氏名		職業		年齢	
Eメール	※携帯には配信できません		新刊情報等のメール配信を 希望する・しない		

この本の感想を、編集部までお寄せいただけたらありがたく存じます。今後の企画の参考にさせていただきます。Eメールでも結構です。

いただいた「一〇〇字書評」は、新聞・雑誌等に紹介させていただくことがあります。その場合はお礼として特製図書カードを差し上げます。

前ページの原稿用紙に書評をお書きの上、切り取り、左記までお送り下さい。宛先の住所は不要です。

なお、ご記入いただいたお名前、ご住所等は、書評紹介の事前了解、謝礼のお届けのためだけに利用し、そのほかの目的のために利用することはありません。

〒一〇一-八七〇一
祥伝社文庫編集長　清水寿明
電話　〇三（三二六五）二〇八〇

祥伝社ホームページの「ブックレビュー」からも、書き込めます。

www.shodensha.co.jp/bookreview

祥伝社文庫

わかれ道《みち》　風烈廻《ふうれつまわ》り与力《よりき》・青柳剣一郎《あおやぎけんいちろう》

令和 5 年 10 月 20 日　初版第 1 刷発行

著　者　小杉健治《こすぎけんじ》
発行者　辻　浩明
発行所　祥伝社《しょうでんしゃ》
東京都千代田区神田神保町 3-3
〒 101-8701
電話　03（3265）2081（販売部）
電話　03（3265）2080（編集部）
電話　03（3265）3622（業務部）
www.shodensha.co.jp

印刷所　堀内印刷
製本所　ナショナル製本
カバーフォーマットデザイン　中原達治

本書の無断複写は著作権法上での例外を除き禁じられています。また、代行業者など購入者以外の第三者による電子データ化及び電子書籍化は、たとえ個人や家庭内での利用でも著作権法違反です。
造本には十分注意しておりますが、万一、落丁・乱丁などの不良品がありましたら、「業務部」あてにお送り下さい。送料小社負担にてお取り替えいたします。ただし、古書店で購入されたものについてはお取り替え出来ません。

Printed in Japan ©2023, Kenji Kosugi

ISBN978-4-396-35018-5 C0193

〈祥伝社文庫　今月の新刊〉

井上荒野
ママナラナイ
老いも若きも、男も女も、心と体は変化する。制御不能な心身を描いた、極上の十の物語。

楡　周平
食王
麻布の呪われた立地のビルを再注目ビルに！闘いを挑んだ商売人の常識破りの秘策とは？

近藤史恵
夜の向こうの蛹《さなぎ》たち
二人の小説家と一人の秘書。才能と容姿が生む疑惑とは？　三人の女性による心理サスペンス。

彩瀬まる
まだ温かい鍋を抱いておやすみ
大切な「あのひと口」の記憶を紡ぐ――。心にじんわり効く、六つの食べものがたり。

千早　茜
さんかく
食の趣味が合う。彼女ではない人と同居する理由はそれだけ。でも彼女には言えなくて……。

五十嵐貴久
命の砦
聖夜の新宿駅地下街で同時多発火災が発生。大爆発の危機に、女消防士・神谷夏美は……。

若木未生
われ清盛にあらず　源平天涯抄
清盛には風変わりな弟がいた――壇ノ浦後も生き延びた生涯とは。無常と幻想の歴史小説。

門田泰明
負け犬の勲章
左遷、降格、減給そして謀略。裏切りの企業論理に信念を貫いた企業戦士の生き様を描く！

小杉健治
わかれ道　風烈廻り与力・青柳剣一郎
優れた才覚ゆえ人生を狂わされた次席家老の貞之介。その男の過去を知った剣一郎は……。